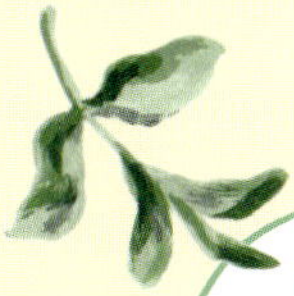

My dear kitchen Recipe

Mami Imai

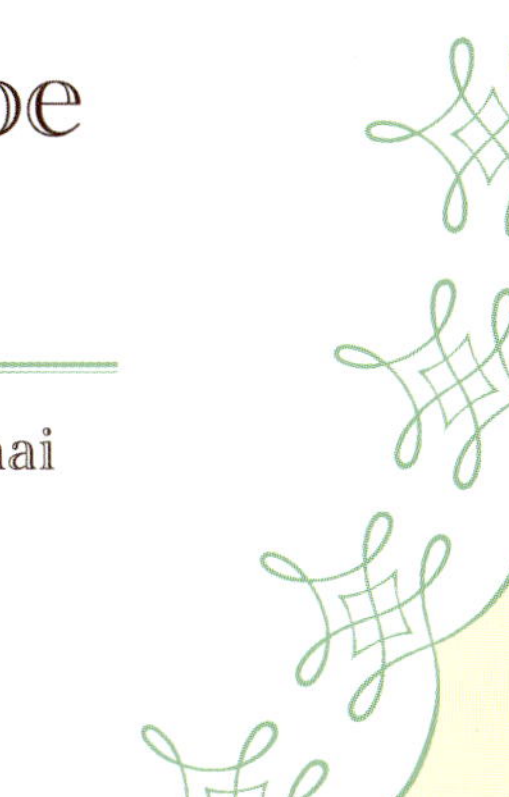

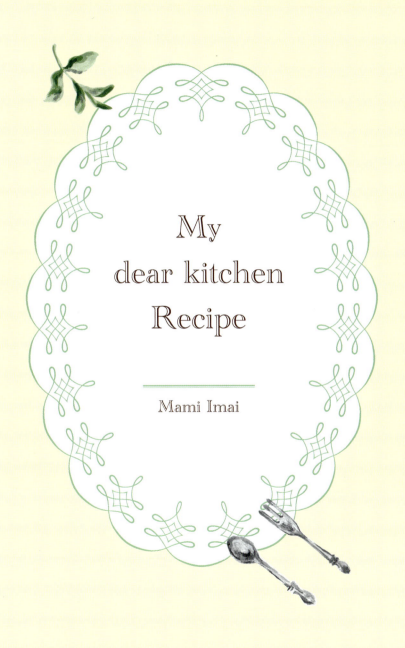

材料　（2人前）

・牛丼　並サイズ
・コルニション（ミニきゅうりのピクルス）　3本
・トマトソース　大さじ1～2
・チーズ　30g（ブリーチーズ、ミモレット、ブルーチーズなど）

作り方

1. 牛丼を耐熱皿に移す
2. 好みのチーズをミックスして一口大にカット、コルニションを薄切りにする。1の上にちらし、ところどころにトマトソースをかける
3. 200度のオーブン、もしくはトースターの最高温度でこんがりするまで10分ほど焼く

Mami's voice

お馴染みの牛丼が、別のお料理に大変身。

チーズの特別な味わいをコルニションの酸味が引き締めて、さらにトマトソースがうまみを重ねる。おいしいものを知っている人だからこそ、頭の中でさっと計算して作ることができる即興料理です。

牛丼の牛肉が少しカリカリになるまで焼いてみてください。香ばしさも調味料の一つです。「これ市販の牛丼だよ」と言われないとわからないほど、リッチな味わいが楽しめますよ。

©Yuji Imai

№1 葉さんのための特別なチーズ牛丼

ステークアッシェ

材料　（2人前）

・牛もも肉ステーキ用　400g
・塩　小さじ 1/2
・米油　大さじ1
・黒胡椒　適宜

作り方

1. 牛もも肉を細かく刻み、塩と一緒にボウルに入れ、一塊になるまでゴムベラで混ぜる。その後、冷蔵庫で 30 分休ませる
2. 米油（分量外）をたっぷりつけた手で、1を2等分にし、俵形に成形する
3. 米油をフライパンにひき、2を並べて火をつける。アルミホイルをふわっと被せ、片面と裏面それぞれ 6 分ずつ、弱めの中火で焼く
4. 皿に盛り付け、好みで塩、粒マスタード、わさびを添えて、黒胡椒を挽く

Mami's voice

元気がない時は牛肉の出番です。しかし、心身疲れ切った時は、ワイルドなステーキではなく、細かく刻んで俵形にしたステークアッシェを。

口の中でほろほろ崩れる牛肉をじっくり味わえば､きっと力が湧いてくるでしょう。誰かにそっと食べさせてもらうのもいいですね。

№ 3

豆乳と豆腐のやさしいスープ

材料 (2人前)

・鶏手羽元　2本
・水　1ℓ
・日本酒（料理酒でも可）　50mℓ
・長ネギ　青いところ　5cm（みじん切り）
・豆乳　100mℓ
・絹豆腐　1/2丁
・塩　小さじ1（5g）
・生姜のすりおろし　適量

作り方

1. 鍋に鶏手羽元を並べ、全体が浸るように水（分量外）を入れて中火で沸騰させる。鶏肉全体が白っぽくなったら、お湯を捨て茹でこぼす。鍋にアクがついているようであれば綺麗にする
2. 同じ鍋に、再度水1ℓ、1の鶏肉、日本酒を入れて、中火で沸騰させてから弱火に切り替え、蓋をして20分煮込む
3. 2の鍋に塩、豆乳、絹豆腐をスプーンでざっくりとすくって入れ、長ネギの青いところをみじん切りにして入れる。蓋をせず中火で沸騰させたら、器に盛り付け、生姜のすりおろしを添える

Mami's voice

食べたら、お腹の中からぽかぽかするスープ。温かいお豆腐がするすると胃に落ちていきます。豆乳のやさしいコク、鶏肉のうまみが溶け込んだ汁のおいしさったら。少しずつ生姜のすりおろしを溶かしながら、召し上がれ。

丁寧に作られたスープは、きっと乾燥しきっている心を潤してくれるでしょう。そして、スープの効用はもう一つ。その湯気や香りは、作っている人の心も癒してくれるのです。

材料 (2人前)

・アスパラ 2本
・空豆 5さや
・えんどう豆 適量
・スナップエンドウ 6本
・新玉ねぎ 1/2個
・新じゃが 1個
・生ハム 1枚
・レモン 1/2個(皮のみ)
・オリーブオイル 大さじ1
・桜の塩漬け 適量
・パルミジャーノ・レッジャーノ 適量

作り方

1. 水に重量の1.5%の塩を溶かし、フライパンで沸かす
2. アスパラは根元を落とし、空豆はさやから出す。スナップエンドウの筋を取る。新玉ねぎは皮を剝き、1/3のくし切りにする。新じゃがはよく洗い、一口大のざく切りにする
3. 1のフライパンに新じゃがと新玉ねぎを入れて、そのまま、順番に他の野菜を2分ずつ茹でる。網じゃくしですくい、網バットにのせる。全ての野菜を茹でた後、新じゃがと新玉ねぎを取り出す(新じゃがは柔らかくなっているか確かめる)
4. 野菜を盛り付けてオリーブオイルをかけ、生ハムをのせる。パルミジャーノ・レッジャーノをゼスターで削り、塩を洗った桜の花を絞ってちぎりながらちらす。その上にレモンの皮もゼスターで削ってちらす

Mami's voice

「まさか紙の上で、レシピが完成するなんて。こんな風に想像を膨らませながらメニューを考えるのは、初めての経験だった」。葉ちゃんの言葉に、はっとしました。実は私は絵画からレシピを思いつくことがあるからです。無意識にやっていることが葉ちゃんの思考にリンクして、不思議な気持ちになりました。さて、今回の温野菜は春のワクワクする気持ちをお皿の上で表現しました。ミモザの花が咲き、その後はピンク色の桜。まだ青白い空に、美しい花や緑が映える季節です。野菜も淡い美しさを放ちますが、その見かけとはうらはらにしっかりとした苦味やえぐみ、そして甘味を蓄えています。シンプルで、鮮やかな、春の一品です。

№ 4　温野菜　春の香り

真アジのアクアパッツァ

材料 （2人前）
・真アジ　大　1尾
・ミニトマト　8個（140g）
・アサリ　1パック（180g）※砂抜きしておく
・イタリアンパセリ　葉の部分　3g
・水　500mℓ
・オリーブオイル　適量
・塩・胡椒　各適量

作り方
1. 真アジは内臓を抜き、ゼイゴを包丁で取り除く。水気をよく拭き、塩・胡椒を全体にまんべんなく振る。ミニトマトは半分に切り、イタリアンパセリはあらみじん切りにする
2. 深めのフライパンにオリーブオイル大さじ3を入れて、強火で熱する。1のアジを入れて、中火に切り替え、オイルをスプーンでかけながら、こんがりするまで両面焼く
3. 2にミニトマト、水気を切ったアサリ、水を入れて強火にする。煮立った湯を時折アジにかけながら煮汁が半分量になるまで煮詰める
4. オリーブオイル大さじ2を入れて、フライパンを揺らしながら白っぽくなるまで煮る。汁の味見をして、塩を適量足す。火を止めて、オリーブオイル（分量外）を一回しかけてイタリアンパセリを全体に振る

Mami's voice
白ワインやニンニクを使いたくなりますが、これだけの材料で作ってみてください。オリーブオイルの量も大切。一つ一つの素材のうまみが溶け込んだスープの味わいがあまりにおいしくて驚くことでしょう。アジは小さくても味は濃く、身はふわふわに。スープに浸しながら召し上がれ。

contents

装画　利光春華
装丁　大久保明子

マイ・ディア・キッチン

第一話

世界で一番、
穏やかな地獄

「今度から、Tバック穿《は》いてくれる？」

ココア味のプロテインパウダーと常温の水をシェイカーで混ぜながら、英治《えいじ》が言った。

「じゃないと、葉《よう》ちゃんのお尻の形がチェック出来ないから」

スーツ姿でキッチンに立つ彼の背後には小さな窓があり、そこから朝の光が差し込んでいる。その言葉を聞きながら、あ、今日は雨が降りそうだな、と私は思った。

英治は喉元に手をやってネクタイの結び目をきつく締めると、もう一方の手で器用にシェイカーのキャップを外す。

ゴク、ゴク、ゴク。

薄茶色に染められた液体が、夫の腹のなかに、さらさらと落ちていく。おいしいとかまずいとか、そういう感情は、その瞳から感じられない。まるで、泥水を啜《すす》っているみたいだ。彼は飲み終えるとすぐに、自分の腕に刺した小型の測定器で血糖値を確認し、満足気に頷いた。

さっきまで夫婦で流し見をしていたテレビから女性アナウンサーの甲高い声が聞こえてきて、私、この声嫌いだな、とぼんやり思う。

そのまま英治はリビング脇のケージに移動すると、「ママ、俺の話を聞いてないよな？」と言いながら、中の様子をくまなくチェックした。

彼は溺愛《できあい》するジャンガリアンハムスターに話しかける時だけ、私のことを「ママ」と呼ぶ。こちらにも「パパ呼び」を強要してくるが、「ハムスターの両親」という設定にはどうしても付いていけず、私は一貫して夫のことを「英治」と名前で呼び続けている。

「分かった。でも今日、生理きたから。終わったらTにするね。あれ、中々冷えるのよ」

暗に今月も生理が来てしまったという事実を伝えたつもりだが、彼は表情を変えない。それは私への配慮なのか、「もう半分、子供は諦めている」という意思の表れなのか。

飲みきったシェイカーをシンクに置く英治に、弁当の入った袋を差し出す。中身は、茹でたササミ二切れ。彼がいつも希望するメニューだ。

彼は袋を受け取るのと同時に私の指先を見つめて、「今度は逆フレンチにしてよ。ベージュを基調に、パールをのせる方向でさ」と言った。

「うん。分かった」

前回ネイルサロンに行ったのが九月の終わりだから、今日でちょうど一ヶ月になる。そろそろ何か言われる時期だと思っていた。

「じゃ、行ってくる。良い子にしててね」

「うん。いってらっしゃい」

その背中を追うようにして、玄関まで見送る。

一瞬、外気と彼の整髪料の香料が混ざり、ミントのような香りが辺りに漂った。その香りが不快ではないことに安堵《あんど》し、私はまだ夫のことが好きなのだ、と自分に言い聞かせる。

英治を見送ると、頭を切り替えて家事を始める。まずは、マンションの隣の部屋に住む松田《まつだ》さんに御礼のＬＩＮＥを送らなくては。三日前、松田さんは、彼女の夫が趣味で釣ってきたという魚を丸ごとお裾分けしてくれた。

あの日、小さな発泡スチロール箱を抱えて彼女が我が家にやってきた時、私は思わず息を呑んだ。たっぷりと氷が敷かれたその中に、おそろしいほど艶《つや》がよく、体高に程よい厚《あつ》みのあるカンパチが入っていたからだ。

彼女は「小ぶりだよね、ごめんね」としきりに恐縮していたが、私は「違うんです。むしろカンパチは小ぶりが良いんです」と言って、力強く否定した。私の興奮を察したのか、彼女は呆気《あっけ》にとられた表情をすると、「さすが元料理人は言うことが違うね」と言って、ニッと笑った。

井戸端会議もそこそこに解散して食卓に戻り、神聖な気持ちで目の前の魚と向き合う。やはり、ため息がこぼれるほど美しい。ビー玉のような輝く瞳も、ハリのある口元も、限りなく蒼に近い銀色の鱗《うろこ》も、何もかも。

久しぶりに一尾の魚と対峙《たいじ》していることに高揚感を覚え、今すぐ捌《さば》いて何かを作りたい衝動にかられる。日本酒、砂糖、みりん、しょうゆ、すり胡麻《ごま》、練り胡麻、大葉を使って、「胡麻カンパチ」にしても、良いかもしれない。しかし、英治に報告すれば、魚嫌いの彼はこのカンパチを捨ててしまえ、と言いかねない。

せめて彼が帰ってくるまでに捌き終えて、一切れでいい、刺し身で食べたい。そこで私は完全犯罪を計画するかの如く、まな板に生臭さが残らない方法を考えた。そうだ、冷蔵庫に酢がある。捌いた後、酢水に浸せばどうにかなるかもしれない。あまりにも興奮したせいか、気がつけばキッチンでガハハと大笑いしていた。

しかし、その時、外回りが早く終わったという理由で英治が早く帰ってきてしまった。まだ、十七時にもなっていないというのに。

彼はまな板の上に寝かせられたカンパチを見るなり「コイツ、顔が怖い」と言って、破棄するよう私に命じた。

「そんなことないよ。可愛い顔してるじゃん」

私は言い返したが、なぜ死んだ魚を擁護《ようご》しているのか、自分でも意味が分からなくなった。

英治は一度でも食材に嫌悪感を抱くと絶対に食べないし、機嫌が悪くなる。幼少期から「嫌いな食べ物は一切食べないで良い」という教育を受けてきた彼は、「一口食べてみる」という冒険心もさらさらないし、「食材がもったいない」という観念もない。

私は潔く計画を諦めると、カンパチを捨てるための準備を始めた。せめてもの供養にと、英治の目を盗んで内臓を丁寧に洗い、何重にも袋を重ねて。

あの夜、私はひとりの人間として、何か大切なものを失った気がする。

翌朝、起床後すぐに、カンパチの入った袋を町内のゴミ置き場に捨てた。

「生まれ変わったら、美味しく食べてもらえる人のところに行けますように」と呟きながら。

そんな出来事を思い出しながら、スマホでＬＩＮＥの画面を開く。

〈松田さん、先日のカンパチ、ご馳走さまでした〉

すぐ既読《きどく》になる。

〈連絡ありがとう。結局、どうやって食べた?〉

一瞬、「カンパチ遺棄」をした姿を彼女に見られたのではないかと思いドキッとしたが、そんなはずはない。心を落ち着かせて、返信に集中する。

〈脂が乗っていたので、お刺身で。それから、せいろでレタスやしめじと一緒に蒸して、塩とすだちを搾っていただきました〉

〈それはアイディア料理! 英治くんも喜んだでしょう。あの爽やかな笑顔で〉

つい、「あの人は私にカンパチを捨てさせましたよ」と打ち明けたくなるが、ギリギリのところで自制心を利かせ、ウサギが笑うスタンプを送り返す。それから洗濯と食器洗いを済ませると、英治から託されているサツマイモを小さくカットして、ケージを開いた。

「天ちゃん、食べて」

本能的に「餌《えさ》だ!」と察知した彼は、私の手のひらの上で頬袋に食料を詰め込む。つぶらな瞳でこちらを見つめる生物に、私は心から羨望の眼差しを向けた。

「天ちゃんは、いいなぁ」

私は英治から「イモ類は糖質が多い」という理由でそれらを食べることを禁止されている。皮肉なことに、我が家で一番糖質を摂っているのは、ハムスターの天ちゃんだ。

　正午を迎えた頃、私はオートミールに水を混ぜて食べることにした。いつも通り、昼食の写真を英治にＬＩＮＥで報告して。

〈葉ちゃん、偉い！　その調子。で、体重はどう？〉

〈さっき計ったら、四十二キロだった〉

〈そっか。ちょっと今日の体型、見せて？〉

　要望通り、洗面所の姿見でシャツをまくってヘソを出し、ウエストの写真を送る。

　一緒に住み始めてもう四年。以来彼は私のスタイルチェックに余念がないので、こうして撮影することにも、もう慣れた。

〈いい感じ。だけど、もう少し我慢が必要かな。あと、ちょっと筋トレしてみたら？〉

　その瞬間、ふと、怖くなった。体型を管理する夫にではなく、管理されていることに、いつの間にか順応している自分に対して。

　思考を振り切るようにエプロンを外すと〈うん、分かった〉と返信し、スーパーおかのやに向かう。

　到着早々、英治から「今夜はササミの梅肉和えね」と、すぐＬＩＮＥがきたことには驚いた。おそらく彼は、私が自宅から徒歩圏内に移動したことを社内でチェックしたのだろう。

私の買い物のバッグには、英治の希望で小型ＧＰＳ端末が付けられている。

脇目も振らず肉売り場に向かい、いつものようにササミのパックをカゴに入れる。そのままレジに向かおうとすると、惣菜《そうざい》コーナーで女性従業員と目が合った。

「白石《しらいし》さん！　やっぱり綺麗だからすぐ分かるわ。また痩せたんじゃない？」

白い衛生服と帽子、マスクで顔の八割が隠されていても、その声と目元は松田さんだった。隣の松田さんは、週に三日、ここでパートタイムで働いている。

彼女は「ねぇ。ちょっとだけ待ってて」と言うと、数十秒ほどバックヤードに消える。その後、「内緒ね」と言うと、豚の角煮が入っている透明なパックを私に渡してきた。

「今後も、スーパーおかのやをご贔屓《ひいき》に」

カンパチをお裾分けしてくれた時のように、ニッと笑う。

「お魚も貰ったばかりですし、頂いてばかりで申し訳ないです」

断ろうとしたが、彼女は動じない。

「いいの。廃棄予定の惣菜を持ち帰るのはＮＧだけど、まだ食べられるもの。ＳＤＧｓだのなんだのって言うなら、食品ロスをなくさなくちゃ。それに白石さん、もっと食べなきゃ。ねっ？」

その言葉のなかに、「食べさせてもらえてないんでしょう？」という哀れみのニュアンスをわずかに感じる。

松田さんはあの日、私が「カンパチ遺棄」をする姿を本当に見かけたのかもしれない。そんなはずは、ないのだけれど。

「ありがとうございます。それでは、お言葉に甘えて」

私は「食事制限があって食べられない」ということはおくびにも出さず、嬉しい振りをする。

それから会計を済ませ、店を後にした。今日もおかのや滞在時間は、たった五分だった。購入したのはササミだけ。実に安上がりである。

いつだったか私は、あのスーパーの店員のなかで「ササミ夫人」と呼ばれていると知った。

ある時、町内の懇親会で、同じくおかのやで働く宮本さんの奥さんが「あなた、うちのスーパーでなんて呼ばれているか、知ってる？」と打ち明けてきたのだ。

それを言われても、不思議とショックはなかった。本当に、いつもササミしか買っていないのだから。

私をネタにして誰かが笑いをとれるなら、それでいい。ただ、わずかに死にたい。

その後、Tバックを物色するために駅前の下着屋に向かった。品の良い女性スタッフが入り口で「何かお探しですか？」と声をかけてくれる。

私はその接客を笑顔でかわすと、一目散に店の奥へと移動し、Tバックコーナーを物色した。ハンガーに掛けられた繊細な下着の数々は、どれも趣向を凝らした刺繍《ししゅう》が施され、目にも鮮やかだ。

しかし、それが綺麗だとか、選ぶのが楽しいだとか、そういう感情はとっくに失せている。

その中から適当に三枚を選んでレジに進み、Tバックとササミを一袋にまとめてもらった。

店の外に出て、曇った空を見上げると、なぜか呼吸が苦しくなる。しかし、今にも雨が降りそうな気配だったので、私は急いで帰宅した。

その晩、仕事から帰宅した英治は、上機嫌だった。

「帰り際に降られちゃったよ」と言いながら鼻歌を歌い、すぐ風呂に入った。入浴を終えた後も、彼は髪をタオルドライしながら、まだ鼻歌を歌っている。そして、いつものように食材や下着のレシートの明細をくまなくチェックすると、天ちゃんのケージに向かった。

「ママは、いつもササミしか買わなくて、本当に健気でちゅねぇ」

そう言うと、彼はハムスター用のヒーターマットにスイッチを入れる。天ちゃんは珍しく眠っているようで、今夜、ケージの中は静かだった。私は夕食を作りながら、喉元まで「それは、あなたが月々五千円しか食費を入れてくれないからですよ」と言いかけたが、ぐっと堪《こら》える。しばらく返答を考えた後、話題をずらすことにした。

「今日ね、お隣の松田さんに豚の角煮を貰っちゃった」

すると、彼はみるみる不機嫌になり「あのおばさんは、カンパチだの豚肉だの、本当に葉ちゃんに要らないものばかり与えてくるよね」と吐き捨てるように言った。

今の言葉は、聞き流せない。私は、松田さんのあの照れたような、優しい微笑みを知っている。咄嗟《とっさ》に「そう？　でも魚って脂肪燃焼を助けてくれるって言うし、豚肉だって炭水化物と一緒に摂らなければ、案外ヘルシーなんじゃない？」と反論してしまう。しまった、と思った。ここで彼の機嫌を損ねれば、今夜は無言が続くだろう。しかし、今日の彼は違った。

妻の反論を咎《とが》めるでもなく、「あ」と、思いついたようにこちらを振り向く。それから私の手をとり、指先のネイルを眺めて言った。

「今朝さ、次のネイル、ベージュを基調にパールをのせる方向にして、って言ったじゃん？」

「え？」

唐突に話題を変えられ、思わず聞き返す。

「だから、次のネイルの話だってば」

「あ、うん」

それが私の話だと、いま理解した。

「それが、何？」

「あれ、好きにデザイン決めていいよ」

こだわりの強い彼が、私に「自分で決めていい」と言うことは珍しい。今夜は一体、どういう風の吹き回しなのだろう。

「なんか今日、ちょっと機嫌いいね」そう言うと、英治は「ん？　そう？」と惚《とぼ》ける。

彼が突然、私に自由を与える時は、決まって何か新しいことにハマった時だ。自覚はないのだろうが、ドローンにハマった時もゴープロにハマった時も、そうだった。

私はササミの梅肉和えを食卓に出すと「とりあえず座って」と、彼を促す。

「パパはご飯を食べて来るでちゅね」

英治は眠っているであろう天ちゃんに声をかけると、おとなしく私の向かいの席に座る。そして、ササミに一口だけ口をつけるとすぐに箸《はし》を置き、スマホで何か観始めた。

「なに観てるの？」

「ねぇ。コレ見て」

彼は「待っていました」と言わんばかりに、画面を私に見せてくる。そこには、白人の男性が湖畔《こはん》で焚き火をする映像が流れていた。男性は夕暮れ時にキャンピングカーの軒先《のきさき》に椅子を設置し、優雅にコーヒーを飲んでいる。

「彼、エリックって言って、キャンプ業界のなかで知らない人はいない神なんだって」

「へぇ。そういうアウトドアの世界って全然分からないや」

「俺も最近知った。実は、うちの会社にこういうのに詳しい奴がいて。次の週末、そいつに河口湖に連れて行ってもらうことになった」

「いいんじゃない？　仕事も忙しそうだし、週末くらい、自然と触れ合うのもアリかもよ」

間髪《かんはつ》を容《い》れずに私がそう答えると、彼は満足げな表情になった。

「ホラ、葉ちゃんも会ったことある安田《やすだ》って奴、覚えてる？　アイツが連れてってくれる」

「あぁ、あの人」

英治は屈託のない笑顔で「そうそう！　あの、どうしようもないデブ」と付け加える。

数ヶ月前、彼は安田と呼ぶ八歳下の後輩を我が家に連れて来た。

あの日の夕方、「今夜、後輩を家に連れて帰るから、おもてなし頼むね」というＬＩＮＥが英治から届いた時、私は突然の決定に動揺した。その後、「普段の食費とは別にお金を使っていいよ」と追ってメッセージが届き、急いでおかのやに食材を買いに走った。

その日のメニューは、ルッコラとオレンジのサラダ、鯛のカルパッチョ、舞茸《まいたけ》のフリット、枝豆のスープ、九条ネギのペペロンチーノ。それに辛口のワイン。いずれも昔、勤めていたイタリアンレストランのランチで出していたメニューだった。

一時間後、我が家にやってきた安田という男性は小太りでメガネをかけており、スーツ姿は二十六歳とは思えない貫禄があった。

私が玄関まで迎えに行くと、彼は「白石パイセンんち、超綺麗っすね！」と、声を上げてリビングに足を踏み入れる。その後ろから英治が、「安田！　はしゃぎすぎるなよ。ご近所に迷惑だから」と笑って声をかけていた。

安田さんは勝手に我が家の洗面所を探し出すと、勝手に手洗いうがいを済ませ、勝手にリビングの食卓にドカッと座る。呆気にとられたまま、私は挨拶した。

「いつも主人がお世話になっております」

「この人が噂のパイセンの美人奥さんね。いやぁ〜、上玉だな〜。うん」

そう言うと、彼は上から下までこちらを舐《な》め回すように眺める。その視線は不快だったが、私は笑顔でかわし、料理の続きを作ることにした。しかし数分後、ほんのわずかに目を離した隙に、彼はサラダをつまみ食いしていた。

「せめて、お箸を使って頂けますか？」

思わず私は、キッチンのカウンターから彼に注意をした。まるで、子供のいたずらを咎めるように。

その時、スウェットに着替えた英治がリビングにやってきて、「腹減った。食うぞ」と安田さんに声をかけた。彼は普段、プロテインとササミが主食だが、来客があった時だけ「普通の食事」をする。

「今日はパイセンの奥さんの美しさをつまみに、いただきまーす！」

「お前、人の嫁をつまみ扱いするなよ」

苦笑しながらも、英治はまんざらでもない様子だった。

「ごめんね、葉ちゃん。コイツ図々しいけど、良い奴なの」と言ってこちらに笑いかける。ペペロンチーノを啜りながら、安田さんは言う。

「白石センパイ、ズルいんすよ。同じ部署の女の子達に『良い匂いする』とか、平気で言うの。そんなこと言うから、彼女達もセンパイのこと男として意識しちゃって。いつか絶対、この人不倫しますよ」

私にヤキモチを妬かせようとしているのだと、瞬時に分かった。返答に困りながらも「今の時代、見た目を褒めるとセクハラだって思われそうですけど、匂いくらいなら褒められて嬉しい女性社員さんもいるんじゃないですか？」と返す。

本当にそう思っていたから、そう答えた。しかし、つまるところ、それは安田さんの求める答えではなかったらしい。彼は不満げな表情をすると、「そんな余裕ぶったこと言ってると、旦那、取られますよ」と吐き捨て、男同士の会話に戻っていった——あの安田さんが英治をキャンプに連れ出してくれるなんて、少し意外だった。

しかし、実際に翌週から、英治は安田さんに連れられて全国の山や湖に行くことが増えた。我が家には少しずつキャンプ用品が増え、いつの間にか英治はスノーピーク社製の「セパレートシュラフオフトン」なるものを購入していた。それは掛け布団と敷布団が一体化した寝袋で、高機能の保湿素材を中に注入しており、高原でも暖かいのだという。

ある時から英治は、リビングの一角にその寝袋を敷いて眠るようになった。彼いわく「寝心地に慣れたい」とのことで、室内にいながら真面目にくるまるその姿は、やや滑稽だった。

英治の新しい趣味は、ひとつ意外な効果をもたらした。彼がリビングで眠るようになったことで、私は寝室を一人で使えるようになったのだ。すると、以前に比べて安眠出来るようになり、翌朝ゆったりとメイクが出来る時間も増えた。

そして、もうひとつ良いことがあった。

毎週土曜日の朝、英治が車でキャンプに出発するのを見送った後、私はキッチンで魚をゆったりと捌けるようになったのだ。もちろん、夫には内緒で。

最初は、どこかで監視されているような気持ちになった。しかし、私はもう自分の料理欲求が抑えられなかった。当然、家計のお金は一切使わない。今まで「ポイ活」をして貯めてきた、電子マネーで購入するのだ。私は夫が不在の家で、ただひたすら魚を捌き続けた。捌いた後は、煮付けにしたり刺し身にしたりして、白米と共に密やかに貪《むさぼ》り食う。背徳感にはかられたが、その時間だけが唯一、人間として幸福な瞬間だった。

こうして夫婦別々の週末を過ごすようになって三ヶ月が経ったある日、英治が「次の土曜は、葉ちゃんと家キャンプがしたいな」と言い出した。休日に共に過ごす時間が減ったことで、彼なりにコミュニケーションが足りないと感じているようだった。

「その日はチートデイにして、美味いもん、いっぱい食おうっと」

「え！　チートデイ！　って言った？」

思わず驚くと、英治は「俺だってキャンプ先で色んなメシ作って、だいぶ料理上手になったんだよ」と笑う。

「そう。じゃあ、その日の料理は、英治に任せようかな」

冗談半分に言うと、彼は「任せて。葉ちゃんに迷惑はかけないよ」と言った。

その時、心の底から歓喜した。これでようやく「普通の夫婦生活」が送れるかもしれない

——そんな予感が芽生えた。

ただ、ひとつ懸念点もあった。それは、私に課せられている食事制限だ。

家キャンプの開催が決まった週も変わらず、英治は毎日の体型報告を求めた。しかし、夫に無断で白米と魚を食べていたことが災いしたのか、私のウエストのサイズは数週間前から変化がなかった。

それでも、昼食時にはいつも通り、ＬＩＮＥで自撮り写真を彼に送り続けた。体型を指摘されるたびに私は、「年齢的に代謝が落ちてるのかも。筋トレする」と言って誤魔化した。後ろめたさはあった。しかし、私はどうしても〝あの時間〟を守りたかった。

そして、家キャンプ当日、事件は起きた。

その朝、起きると、英治が珍しく私より先に起きていた。

「おはよう。今日は早いね」

私が声をかけると、彼は間髪を容れず「葉ちゃんがお寝坊さんなんだよ」と言った。その声は努めて優しいトーンを心がけていたが、どこか苛立っている。

「そう？　だって、まだ朝八時じゃない」

「『もう八時』だよ。早くお化粧して。安田が来る前に」

キッチンに立つ英治のすぐそばに、中身がパンパンに詰まったスーパーの袋が二つ置かれている。彼は朝一番におかのやに行き、今日のために食材を買ってきたようだった。

「すぐ支度するね。今日、安田さんも来るの？」

てっきり夫婦だけで家キャンプをするのだと思っていた私は、面食らう。しかし、彼は当然のように「そうだよ。せめてアイツの前では、綺麗な葉ちゃんでいてよ」と言った。

私は化粧をしなければ、綺麗ではないというのか。その言葉に傷つきながら、ひとまず身支度を始める。洗面所で歯を磨きながら、あぁ、今日まで長かったな、と感慨深く思った。

考えてみれば、結婚前は英治と洒落た小料理屋でよくデートをした。彼は美味しそうに「普通の料理」を楽しみ、私が食べすぎたり飲みすぎたりしても、愛おしそうに見守ってくれた。私が職場で先輩シェフから嫌味を言われた日は慰めてくれたし、客から理不尽な文句を言われた日には、サイゼリヤで暴飲暴食に付き合ってくれた。

そんな英治が、愛おしかった。だから、彼を好きになった。

しかし、結婚前に一度、横浜にある彼の実家に遊びに行った時、違和感を覚える出来事があった。

あの日、英治の両親は温かく私を出迎えてくれたが、皆で夕食を囲んでいるとき、母親が用意したラザニアやカポナータに彼は一口も手を付けなかったのだ。それどころか彼にだけ別の皿が用意され、そこに茹でたササミが二切れ置かれた。

「せっかくのご馳走なのに、英治は食べないの？」

純粋に疑問に思い尋ねると、彼と両親は申し合わせたように顔を見合わせる。そして、母親が言った。

「英ちゃんね、本当はシンプルな食事が好きなのよ。だから我が家は、昔からこんな感じ」

その後、父親が「だから君は結婚後、料理が楽だよ。安心しなさい」と言って、ニッコリと笑った。

当の本人は何を考えているのかと思い、英治を見る。すると彼は、「今まで黙っててごめん。鶏肉以外も、食べられることは食べられるんだ。でも俺、食事って日常のパフォーマンスを上げる手段にすぎないと思ってる。だから、本当は極力シンプルがいい」と言い切った。

私はその時、初めて恋人の本性を見て、かけるべき言葉を失った。一方で、料理を愛する者として、彼の味覚を変えたいと本気で思った。

しかし、結婚後、いざ同居を始めてみても一向に現実は変わらず絶望した。

その彼が、今日、「チートデイ」を実施するという。キャンプという趣味が、一人の男の長年の食習慣を変えてしまうこともあるのだ。

私は素早くメイクを仕上げると、髪を巻く。服装はグレーのパーカーにTシャツ、下はフェイクデニムのパンツにした。支度を終えると料理とテント作りを英治に一任し、部屋にLEDライトを飾ったり、ヴィンテージ風のラグマットを敷いたりして、雰囲気を作り上げていく。

1LDKの室内で、夫婦で汗を流しながら「それっぽい演出」をしていくプロセスは想像以上に楽しかった。英治はテントを張るといった肉体労働が意外と上手で、私は見直した。いつもは部屋の電球一個、替えてくれないというのに。

彼も彼で、準備が楽しいようで笑顔が絶えなかった。私達夫婦は久しぶりに会話を弾ませて、安田さんを迎える準備に励んだ。

十一時を過ぎた頃、インターホンが鳴った。モニターを確認すると、白いオーバーオールに水玉のシャツ、蝶ネクタイをした安田さんが立っている。以前のスーツ姿からは想像出来ないポップな服装で、思わず私は吹き出してしまう。

「ちょっと奥さん、今、吹き出したでしょ！　名誉毀損《めいよきそん》で訴えますよ」

彼はわざとモニター画面いっぱいに顔を映して、私を笑わせてくる。この人が以前、我が家に来た時はその剽軽《ひょうきん》さを受け入れることが出来なかった。しかし、今日は頼もしくさえ感じる。

私は玄関で安田さんを出迎えると「白石家へようこそ！」と、わざと砕けた言い方をした。彼は少し怪訝《けげん》そうな表情をしながらも、ずかずかとリビングに足を踏み入れる。それから英治が組み立てた立派なテントを見て、「おぉ〜！」と歓声を上げた。

英治、私、安田さん。キャンプファッションに身を包んだ三人は、ごく自然にバルコニーで乾杯をする流れになった。英治が冷蔵庫から冷やしておいたビールを二つ取り出し、うち一つを安田さんに渡す。もう一つは私のために取り出してくれたのだと思い手を差し出すと、彼はその手をはたいた。

「え？」

思わず戸惑った表情をしてしまう。

「葉ちゃんは、もちろんダメだよ？」

英治が穏やかに言った。状況が理解出来ず、出した手を引っ込めることすら出来ない私に、彼は続ける。

「だって、ベストな体型に到達出来なかったじゃん」

彼は、当然のようにそのビールを自分の手元に置く。再び冷蔵庫に向かうと、ペットボトルのお茶を取り出して私に渡した。「はい。あなたはこっち」と言いながら。

安田さんはプルタブに指を引っ掛けて、「早く飲みたいッス」とウズウズしている。ここで拒否すれば、この楽しい空気が台無しになってしまう。瞬時にそう判断し、ひとまず私は渡されたペットボトルを手元に置く。

英治は満足げに頷くと、ビールのプルタブを開けるポーズをした。

「それでは、家キャンプに乾杯！」

彼の音頭に合わせて、私達は口の中をそれぞれ潤した。その後、設営したテントを見るため、一行は室内に戻る。

私はビールが飲めなかった衝撃から立ち直れずにいたが、表面上は笑顔を貫いた。

「このキャノピーって必要ありますか？」とか、「ベンチレーターはどこにあるんスか？」とか、安田さんは私の知らない用語を交えて英治と盛り上がっている。

私の心臓はドクドクと不穏な脈を打っていたが、まだ、どこかで期待していた。これから三人で楽しいランチタイムが始まるのだから、と。

今日のメニューはマッシュルームのアヒージョ、チーズフォンデュ、串焼きにしたイカとエビ、メスティンで煮込む牛丼というラインナップのはずだ。

私は男達から離れキッチンに向かい、英治が仕込んだ数々の料理を眺める。しかし、あとは火にかけるだけの状態でスタンバイされたチーズフォンデュの鍋も、メスティンに入った牛丼も今では全てが彩りを失い、なぜかグレーに見える。

その時、私はポケットに入れていたスマホで初めて「夫　モラハラ」と検索した。すぐに「DVがつらいあなたへ」という文言が目に飛び込んできて、いや、でも英治の一連の行為は、それではないよね、だって、私がいけないのだからと自分に言い聞かせる。

そして、一縷《いちる》の望みをかけて、大きな声で二人に言った。

「お腹空きませんか？　そろそろ三人でお昼にしましょう」

その声をきっかけに、男達がキッチンにやってくる。

「葉ちゃん、ありがとう。あとは俺がやるから大丈夫だよ。おい！　安田！　この食いしん坊。お前は食うんだから手伝え」

英治は優しげに微笑むと、私が持っていた串焼きの皿を受け取って食卓に運ぶ。

――お前は食うんだから？

安田さんは、「俺、食べるの専門なんで手伝いとか無理ッス」と呑気に言い返している。あえて先輩に対して生意気な返答をするところも、英治は気に入っているのだろう。

一抹の不安を抱きながら、それでも次々と食材を食卓に運ぶ。牛丼の入ったメスティンをガスコンロで温め、いよいよ昼食を始めるというタイミングで、三人揃って食卓の席につく。

私の隣に安田さんが座り、その向かいに英治が座った。醤油やチーズの香りが食卓でハーモニーを奏で、安田さんは漫画のキャラクターのようにヨダレを啜り、「うまそぉ。もう限界」と呟く。

私も、同じ気持ちだった。もう空腹が、限界だった。しかし、焦《じ》らすように英治は、「俺もやれば出来るだろ？」と、嬉しそうに言う。

「本当に凄い。もう私が毎日料理を作らなくても、全然平気じゃん」

「葉ちゃんのおかげだよ。自分は食べられないのに、ここまで助けてくれてホントに感謝」

「え？」

その時、ようやく恐れていた事態が起きていると確信した。

「じゃあ、安田。食べよう。葉ちゃんはオートミールで良いよね？」

彼は大真面目にそう言うと、私が普段使っている小皿を食器棚から取り出す。そして、そのまま「私のために」そこにオートミールを注いでくれた。

安田さんは状況を理解しようとしない。〝白石パイセンの奥さん〟が自発的に食事制限をしていると思っているようだ。

「奥さん、ほんま意識高いな」

鼻で笑うと、すでに何本目か分からない缶ビールに口をつけて大きなゲップをする。酷く不快だった。二人は、私のことなど見向きもせず盛大に宴《うたげ》を始めた。安田さんはチーズの鍋にパンを浸して食べ、英治はメスティンの蓋《ふた》を取り完成した牛丼の写メを撮っている。

「英治、あのね」

私はその瞬間、静かに彼に声をかけた。

「ん？　早く葉ちゃんもオートミール食べちゃいなよ。お腹空いちゃうよ」

メスティンの底についたオコゲを混ぜ込みながら、英治は優しく私のほうを向く。

「……違うの。私が今……食べたいのは……」

「え?」

言葉尻を聞き取れなかったようで、彼は牛丼を豪快《ごうかい》に頬張りながら再び聞き返す。

「だから、違うの。私が食べたいのはオートミールじゃなくて……」

「ごめん。味を楽しみたいから、ちょっと黙ってて」

一見すると、幸福な食卓の風景だった。各々が食べたいものを食べ、昼間からビールを飲んで。しかし、もう限界だった。

「英治、ねぇ。英治ってば」

「だから、葉ちゃん、ちょっと黙って……」

彼がそう言いかけた瞬間、私はオートミールの箱を片手で勢い良くひっくり返した。そのままチーズが溶けた鍋のなかに中身をザーザーと入れ、安田さんのビールを奪い取り、ガスコンロの上に垂れ流す。

ジュワジュワッ。シューーーッ。

余熱でまだ熱い五徳が盛大に音を立て、ハチミツが焦げたような匂いがした。

みるみるうちに男達の顔色が変わり、目が点になる。英治が立ち上がって「ちょっとお前、何やって……」と動きを止めに入ったが、私は軽やかにその手を振り切る。

そして、今度はリビングのテントに視線を移し、その骨組みを脚で一撃した。案外華奢なわりに耐久性があって、最初の蹴りは全く効かなかった。

さすがは英治。十万円以上出して買っただけのことはある。

でも、私は？
十万円なんて大金、結婚してから見たことがない。
与えられた食費は？
月、五千円ぽっきり。
私のお小遣いは？
そんなものない。欲しいものがあれば随時、彼に相談が必要だった。
最近、自分のために買ったものは？
考えてみても、全く思い出せない。
どうやって見た目の美しさを保った？
彼は、ネイルや美容院にはお金をかけて良いと言った。
それは、私のため？
いいえ、自分のため。
なぜ、そんなことするの？
「自分には綺麗な妻がいる」ということを、周囲にアピールしたかったからでしょう。
食事は？　洗濯は？　毎日の家事は協力的だった？
いいえ。英治は何ひとつ、協力的ではありません。アイロンひとつ、出来やしません。

頭のなかで「もうひとりの自分」が、今までの結婚生活について問いかけてくる。

混乱した。もう、とっくに我慢出来るキャパシティを超えていた。

気がつけば私は、これまで自分が発したことのないような唸り声を上げていた。まるで、野生のオオカミのように。

そのままテントが跡形もなく朽ちるまで、蹴り上げて、蹴り上げて、蹴り上げた。

さらに、着ていたパーカーを脱いで空中で振り回し、部屋中の飾り付けを破壊した。ＬＥＤライトが最初の衝撃で消え、その後「何かが人間界で起こった」と察知した天ちゃんが、ケージの中でガラガラと音を立てながら走り始めた。

混沌、カオス。

食卓では、英治と安田さんが、ぽかんと口を開きながら、その行為を見ている。しかし、それら全て知ったことではない。もうウンザリだ。

私は履いていた靴下を脱いで彼らに投げつけると、「いい加減にしろ」と言った。

我を忘れて、玄関を飛び出した。英治や安田さんは、追ってこなかった。

隣の松田さんの家に駆け込んで泣きつくことも出来た。しかし、私はもう、この場所から解放されたかった。そして、明確に自分がしたいことも決まっていた。

私は今、牛丼が食べたい。お腹いっぱいに。

裸足のままエレベーターに乗り込む。一階に下りると、エントランスで「白石さん？」と悲鳴に近い声が聞こえた気がした。多分、その声は、松田さんだったと思う。しかし、私は振り返らなかった。今はただ、牛丼のことしか考えたくなかった。

無心で牛丼チェーン「村田屋《むらたや》」に向かう。目の前の信号を渡り、向かいの道に辿《たど》り着くと、黄色い看板が目に飛び込む。自動ドアを開けると、「っしゃいやせ～」と威勢よく男性店員が言い放った。カウンター席に座ると、「牛丼。大盛で」と告げる。あまりにも脳がカロリーを欲し、その声はわずかに裏返った。

「ご注文は以上でよろしいですか？」

その質問を投げかけられた時、ようやく「財布も持たず家を飛び出した」という状況を理解したが、週末の魚捌きのために貯めていた電子マネーが、いくらかスマホのアプリの中に残っているはずだ。帰りの会計までに残金を確認すれば、どうにかなるだろう。

「はい……。いえ、追加のトッピングで限界までチーズをのせて下さい」

そう言葉を振り絞ると、店員は「かしこまりました」と言って、私の前にコップに入った水を提供する。出された水を飲み干した頃、チーズがたっぷりのった牛丼が運ばれてきた。

「あ……あぁ……あぁぁ」

近代文明を初めて見た猿のように、声にならない声が出てしまう。嬉しくて、涙が出る。

まずは目で味わう。それから、トッピングに紅生姜《べにしょうが》と青ネギをかけた。万感の思いで口に含もうとした瞬間、店の自動ドアが開いた。

「葉！　葉！　ここにいたのか」

聞き慣れた、英治の声だった。他の客から一斉に視線を浴び、しかたなく「何か用？」と彼に尋ねる。

「お前……。自分が何をしたのか、分かってる？」

「何って……。何？」

「こんなことして、タダで済むと思ってんの？」

この期《ご》に及んで英治は、私が思い通りに動かないことに苛立っている。怒りを通り越して、哀れみに近い感情を彼に抱いた。

「英治。お願いだから、この店から出てって」

「お前さぁ……頭でもどうかした？」

「私の食事を楽しむ権利を邪魔することは、誰にも出来ないよ」

「いいから、一度、家に戻れ。それで、安田に土下座して謝れよ」

彼は泣きそうな表情を浮かべている。一番身近な妻という存在が変貌を遂げることを、全く予想していなかったのだろう。

「謝るって、何を？　私、安田さんに随分と下に見られているみたいだけど？」

「俺に謝るのは後でいい。けどホラ、お前、さっき安田のビール奪ったろ？」

「どうして私が、そんなことしたと思う？　その理由を考えたこと、ある？」

「あぁ……。本当に面倒くせぇ。俺、明日から会社で笑いものだよ」

英治は眉間《みけん》にシワを寄せて、頭を抱えている。何年もずっと苦しかったのは私のほうだ。

「そうやって自分自身を大切にするように、なぜ私を大切にしてくれなかったの？」

心からの疑問を、彼にぶつけた。

「なぜ、あなたはいつも自分のことばかり考えてるの？」

みるみる英治の顔が赤く染まっていく。彼なりにプライドを傷つけられたのだろうか。

「私は今までもこれからも、あなたの所有物ではないよ。意思を持った人間だよ？」

気がつけば私は、泣きながら叫んでいた。店内では、とっくに客も店員も「ただ事ではない」という事態を察している。しかし、ここは東京だ。「ハードな痴話喧嘩」として判断されたのか、私達に声をかけてくる人間は誰ひとりいない。皆、黙々と自分の牛丼を食べている。

英治はしばらくのあいだ言葉を失くし、私の席の近くで立ち尽くしていた。

彼が今、何を考えているのか、分からない。四年間も偽りの夫婦を演じていたのだから。

次の瞬間、彼はキッとこちらを睨みつけると、私の髪と腕を強く引っ張った。

「お前、とにかく一度、家に戻れよ。オラ」

その強引さに恐怖を感じながら、私は「嫌だ！　嫌だ！」と子供のように泣き叫ぶ。しかし、強い力には抗えず、そのまま入り口付近まで引きずり出された。

好奇の視線が一斉に私達に降り注いだ瞬間、澄んだ男性の声が聞こえた。

「はい、ストップ。落ち着きましょう」

あまりにも唐突で、まるで天の声みたいだった。

声の主は、「いいですか？　どんな事情があるにせよ暴力は良くない。ちなみに僕の職業は警察官です」と言うと、サッと私の腕から英治の手を引き剝《は》がす。まるで「この意味が分かるよね？」と言わんばかりに、英治に無言の圧をかけた。

男性は黒シャツの上からでも分かるほど立派な胸筋がついており、普段から鍛え上げていることは明白だった。一方で、切り揃えられた髭やオールバックの髪型、それに片耳だけのシルバーピアスは、警察官にしてはいささか洗練されすぎている気もした。

この混沌としたシチュエーションの中で、なぜ彼の風貌に見入ってしまうのだろうか。

英治はバツの悪そうな顔で周囲を見回すと、舌打ちをして店から出て行く。

「……助けてくださり、ありがとうございます」

ふと我に返って礼を言うと、男性は「気にしないで。さぁ、席に戻って思う存分食べて下さい」と笑顔で言った。


男性に両肩を支えられながら、私はカウンター席に戻った。涙のせいで塗っていたマスカラが落ちてしまい、前がよく見えない。

「あれ……？」

着席すると、手元にあったチーズ入り牛丼が消えている。どうやら英治と口論をしているあいだに、下げられてしまったようだ。若い店員に向けて、おそるおそる尋ねる。

「あの……私の牛丼は？」

すると彼は、「スミマセン。店内でトラブルを起こすお客さんは、帰ってもらうよう本部から言われてるんスよ」と言った。あくまで申し訳なさそうな表情だが、「退店してほしい」という強い意思が感じられる。おそらくバイトだろうが、面倒なことには巻き込まれたくないのだろう。実際、私達夫婦が口論をしているあいだ、ただならぬ雰囲気を感じとって店を出ていく客もいた。店側の損失を考えれば、たしかに申し訳ない。

「とりあえず、お会計して頂いて良いッスか？」

店員は制服の帽子をポリポリと掻《か》きながら、急いで会計を始めようとする。

「……わかりました」

決死の思いで牛丼に辿りついたというのに、私は結局、一口も食べることが出来なかった。我ながら、その事実があまりにも滑稽で、思わず泣きながら笑ってしまう。

「ねぇ。ちょっとそれは、あんまりじゃない？」

その時、助けてくれた男性が一歩前に出て、店員に反論してくれた。

「僕も事情はよく分からないけど、この方、相当お腹が空いてるよ？　そういう人を見放すの？　しかも、食べていないのに『金は払え』と？　それは、さすがに気の毒ですよ」

彼は強く訴えかける。しかし、助けてくれただけで私はもう充分だった。

「店内で暴れて、すみませんでした。お会計をお願いします」

全てを諦めると、私はズボンのポケットからスマホを取り出してレジに向かう。

「牛丼大盛りチーズトッピングで、六百四十円です」

「スムーズＰａｙは使えますか？」

はい、と言われ安心した。アプリにいくらか残高があるはずだ。

しかし、次の瞬間、私は絶望した。残高が「残り四十円」を示していたからだ。

しまった。これでは全額払えない。とはいえ、今さら英治に払ってもらうわけにもいかない。

さて、どうしようかと思考が停止していると、男性が画面をさっと覗く。それから全てを察し、ズボンのポケットから財布を取り出して千円札を店員に渡した。

「とりあえず、これで払っておきますね」

彼はそう言うと、私の分の支払いを済ませてくれた。注文していたテイクアウト商品も出来上がったようで、自分の会計も続けている。

私は、一連の流れを無言で見ていた。英治との口論で精根尽き果て、すぐ言葉が出てこなかったからだ。しかし、やはり見知らぬ男性にお金まで出してもらう訳にはいかない。

「あの……。お金、どうしよう。本当にすみません。すぐ返します」

深く頭を下げる。すると男性は、ニッコリ微笑んで言った。

「いいんですよ。僕、今日、道で千円札を拾ったの。だから、このお金は僕のじゃないし」

「え？」

「まあ、嘘だけど。本当にそんなことしたら、僕は遺失物横領の罪で一年以下の懲役、または罰金ですよ……。あはは」

彼はどこまでが真実か分からないことを言うと、「ジョークです」と笑った。

「えっと、本当に警察の方なんですね」

「うーん。どうでしょう……」

彼はズボンのポケットから今度は名刺入れを取り出すと、その中から一枚を私に渡す。そこには金色の文字で、「Maison《メゾン》 de《ド》 Paradise《パラダイス》・オーナー天堂拓郎《てんどうたくろう》」と書かれていた。

「天堂……さん」

「ウチは、近所で飲食店やってるんです。困ったことがあれば、いつでも来て下さいね」

天堂さんは微笑むと「さて、もう本当に行かなきゃ」と呟いて、店の外に出ていく。

「……あの、会計待ちの方が並んでいますので」

店員の声で現実に引き戻される。あ、すみません、と小声で言うと、私もひとまず店外に出たが、途方に暮れた。

天堂さんの名刺を見ながら、一刻も早く牛丼代を返したいと思った。しかし、それには「あの家」から財布を持ち出さなければ。

私は覚悟を決めると、マンションのエントランスを通過し三階に向かう。エレベーターホールから二つ目の扉に、「白石英治・葉」と書かれた木製の表札が飾られていた。

この表札は、結婚後まもなく英治の両親が唐突に送ってきたものだ。手彫りの酷く怪しいデザインは築浅のマンションに全くの不似合いで、送られてきた当初、私はひどく狼狽《ろうばい》した。しかも、彼の母親からは「この表札を飾った私の友人の娘夫婦は、すぐ子宝に恵まれました。風水の力は偉大です。必ず飾るように」と一筆、添えられていた。猛烈《もうれつ》に気が滅入ったが、英治に相談すると「母さんの好きにさせてやれ」と言って、取り合ってくれなかった——そんなことを思い出しながら、ドアノブを回す。

扉に鍵がかかっていたので、インターホンを鳴らす。

一、二、三……。数秒数えてみるが、英治が出てくる気配はない。そういえば安田さんは、帰ったのだろうか。

「英治。ねぇ、聞こえる？」

扉越しに、大きな声で呼んでみると、中から人が出てくる音がした。

「英……」

玄関から出てきたのは、安田さんだった。

「先ほどは、取り乱してすみませんでした」

深く詫びるが、彼は苦笑し、「いやぁ。奥さんがヒステリックな人だとは知りませんでした。僕は別に良いんですけど。所詮《しょせん》、他人ですから」と、軽蔑《けいべつ》の眼差しで私を見つめた。

「ちゃんと、センパイに謝ったほうがいいッス」

彼はスニーカーを履くと、ゆっくりとその場から立ち去る。

状況的に言えば、彼は私の激昂《げっこう》による被害者かもしれない。しかし、「そこに至る事情」があったということも、知ってほしい。

しばらく立ち尽くしていると、リビングに通じる廊下のドアが開く。その中から英治が現れ、テントの残骸であるポールや布地を抱えながら言った。

「葉ちゃんが、こんなにも軽率な人だとは思わなかった」

その表情は、安田さん同様、軽蔑に満ちている。

「母さんと父さんにも、電話で報告しておいた。反省するまで、もう家に帰って来ないでね」

「英治。あのね、私、お財布を……」

英治は残骸を続々と床に投げ捨ててバリケードを作り、私をリビングに通そうとしない。鬼のような形相《ぎょうそう》でこちらの通行を阻止する姿を見て、ふと冷静になる。

そして、一言「お願い。離婚して下さい」と呟いた。

一瞬、わずかに彼の手が止まった。しかし、またすぐにバリケード作りが再開される。

よく見ると彼は、鼻水を垂らして泣いていた。この期に及んで、何故おめおめと泣けるのだろう。泣きたいのは、私のほうだ。

「俺がいなきゃ、何も出来ないくせに」

英治は吐き捨てるようにそう言うと、室内に消えていく。

私はその言葉を聞きながら、財布をとることを諦め玄関の扉を閉めて深呼吸した。そして、再びエレベーターに乗り込むと、「一階」ボタンを押した。素足のため、床に落ちている小石が足の裏に当たって痛い。しかし、同時に、気持ちが鎮《しず》まっていくのを感じる。

私はもう、ずっと前から、ここから逃げ出したかったのだ。

行くあては何処《どこ》にもないが、得体の知れない高揚感が漲《みなぎ》っていた。


財布がないため、遠くには行けない。

しかし私は、背中に羽根が生えたかの如く、身体が軽かった。

そもそも財布があろうが、なかろうが、よく考えればあまり関係がない。我が家の家計は英治によって管理されており、普段から大した額は持たせてもらえなかったからだ。もちろん、キャッシュカードやクレジットカードも持っていない。

彼は、「母さんと父さんにも報告しておいた」と言っていた。あの両親のことだから、今晩のうちにはあの家に到着し、息子を慰めるのだろう。そして、私は彼らから責められるに違いない。

ぼんやりと「大変なことになった」という実感が湧く。同時に、「今日から自由の身だ」と思うと、あまりに解放感がありすぎて、大海原に放流された魚のような気持ちになる。

まずは今晩、雨風をしのげる場所を探さなければ。近くの公園で時間を潰すことも考えたが、現実的ではない。

結婚後、英治によって関わる友達を〝選別〟されていた私は、頼れる人も殆《ほとん》どいない。料理人時代の同僚とも関係を絶っているし、福岡で暮らす高齢の親にいきなり連絡するわけにもいかない。つくづく私は、「夫以外のネットワーク」を、ここ数年、手放していたのだと痛感する。こうなると選択肢は、ひとつしかなかった。

天堂さんに、会いに行こう。

彼は村田屋で助けてくれた時、「困ったことがあれば、いつでも来て下さいね」と言っていた。

社交辞令を真に受けるのはどうかと思うが、今の私には、迷っている暇はない。

名刺の裏を見ると、店への地図が書かれている。ここから数駅ほど離れたあまり知らない街だが、ギリギリ、徒歩で向かえない距離ではない。

私は素足であることも忘れて歩き出すと、不安を打ち消すようにして一歩ずつ進む。道中、まだ小さかった頃に母親が歌ってくれた子守唄を思い出し、大きな声で歌った。

眠れ、眠れ。かわいい宝物
ゆりかごに揺られて
月影に照らされて
眠れ、眠れ。愛しい我が子
よく眠る子は寝ているあいだ
天国に戻り神様と戯れている

眠れ、眠れ。たくましい子
目が覚めたら天国の出来事を
きっと母に教えてください

三十年以上前に聞いた歌を今さら思い出して縋《すが》る自分が、あまりにも惨《みじ》めで泣けてくる。しかし、心の拠り所がない今、次から次へと不安の波が押し寄せ、歌わなければ正気を保てなくなりそうだった。小さな頃は、まだ「生きること」に対して責任がなかった。親の庇護《ひご》のもとで暮らしていたから。しかし、いつの間にか大人になり、自分の人生を自分で維持していかなければならない状況になった。

それでも結婚前は自分で収入を得て、アパートを契約し、日々の生活費を払うことにプライドがあった。

しかし、結婚後は自活を諦めた。いや、正直に言えば、英治との複雑な結婚生活のなかで、自ら放棄したのだ。それでも幾度かアルバイトをしたいと思い、彼にも相談したが、「俺がそれなりの給料を貰ってるのに、まだ足りないの?」と却下された。経済的問題ではなく、自らの矜持《きょうじ》を貫くために働きたいのだと訴えても、「周りの人に嫁を働かせていると思われたくないから」という理由で、彼は首を縦に振らなかった。

あのマンションで日々、ひとりで夫の帰りを待つ生活のなか、私は人として育むべき感情を失った。そして今日ようやく、自らの意思で、その道から外れることが出来たのだ。

歩いても歩いても目的地には程遠く、途中からアスファルトの硬さやガラスの破片で、足の裏が傷だらけになった。

犬の散歩をしていた女性が気の毒そうな表情で「靴、ないんですか？」と話しかけてきてくれたが、私は逃げるようにかわしてしまった。

いくつかの坂を上り、下り、横断歩道を渡り、川沿いを通り、薄汚れた路地裏を通った頃、ようやく目的地に到着した。白い塗装の一軒家の外壁に「Maison《メゾン》 de《ド》 Paradise《パラダイス》」と書かれた看板が立てかけられている。

暖簾《のれん》をくぐると、木製のカウンター席が目の前に広がった。数にして、八席ほどだろうか。壁には多くのワインボトルや日本酒の空き瓶が飾られ、夕食時にはまだ早い時間だが、九割ほどの席が既に埋まっている。

「ご予約のお客様ですか？」

カウンターの内側から、エプロン姿の男性に声をかけられた。ウェーブがかかった髪は、襟足は短いが前髪は目元が隠れるほど長く、表情が見えない。

「今日、ちょっとオーダーがパンク気味なんすよ。オーナーの野郎が遅刻しやがって」

彼はあっけらかんと言う。会話の糸口を探るが、どうしたら良いのか分からない。

奥の厨房には、何かを炒めている大柄の男性がいる。天堂さんだ。

「私、天堂さんに用事があって」

正直に目的を打ち明けると、彼は「うちのオーナーと、どういう関係なんすか？」と不機嫌なニュアンスで言った。

「え？　どういう関係って……」

そのまま彼は私の言葉尻まで待たず、大きな声で天堂さんに声をかける。

「ねぇ！　オーナーに用事があるって！」

しかし、天堂さんは振り返る暇もないほど忙しいようで、「用件を聞いて！　あと、営業はお断り」と背を向けたまま突っぱねる。

「こんな時間に営業マンが来るかよ！　もう十七時過ぎだぞ。お前の彼女じゃないの？」

この男性は天堂さんよりはるかに歳下だろうが、躊躇《ためら》うことなく言い放つ。驚きを通り越して、萎縮《いしゅく》した。そして、その言葉から、彼らには雇用主と従業員という間柄以上に何らかの関係性があると分かった。父と息子だろうか？　いや、それにしては、息子のほうが強すぎる。

天堂さんは炒めていたパスタを皿の上にのせると、こちらを振り返った。その眉間には皺《しわ》が寄り、屈強な見た目も相まって怖い。しかし、私の姿を確認すると、聖母マリア像のような慈悲深い表情になった。

「あら！　お腹空いたでしょう。そこ、座って。おい那津《なつ》、彼女に水を出してあげて」

彼は、客の座っていない一番奥のカウンター席を指差して言った。

「あ、いえ、私は食事をしに来たわけでは……。あ、でも、たしかにお腹は空いています……。いや、でも、そうではなくて、牛丼代を貸して下さったお礼を言いたくて……」

伝えたい言葉がありすぎて整理出来ず、一挙に並べる。しかし、次から次へと注文が入る厨房で、天堂さんはすでに私から視線を外していた。そのあいだも那津と呼ばれる男性はパスタを運んだり、テーブル席の客から頼まれたグラスワインを準備したりと、飛び回るように店内を移動している。ここは、言われた通りにしたほうが良いかもしれない。おとなしく言われた席に座ると、コップに入った水が乱暴に置かれる。カンッ。中に入った水が大きく揺れて、中身が少しこぼれた。おそるおそる私は、改めて周囲を見回す。

まず、外観からは想像出来ないほど天井が高かった。入り口側に二人がけのテーブルが二席あり、厨房に隣接したカウンターと合わせると、収容人数は十二人。さほど広くないが、天井の高さやコンクリート打ちっぱなしの壁が開放的で、あまり狭さは感じない。入ってきた時は気づかなかったが、店の中央にクリスタルガラスで作られた小ぶりのシャンデリアが吊るされており、温かみのある光を放っていた。

カウンターに座るのは全員女性で、皆、めいめいに友人とワインを飲んだり、一人でつまみを楽しんだりしている。

価格帯を把握するため、おそるおそるメニューを眺める。

・鶏レバーのパテ　６２０円
・青パパイヤのサラダ～ベトナム風～　７００円
・里芋とエビのフリット　８５０円

・ローズマリーの利いたポークソテー　９００円
・「シェフの直感を信じて」パスタ　８９０円
・ナンプラーたこ飯～タイ風～　８９０円

そのほかのメニューも、想像していたより、ずっと安い。同時に、この店がイタリアンをベースとしながらも、「ベトナム風」や「タイ風」など、エスニックメニューも多く取り入れていることが分かった。

私の隣に座る二人組の女性は友人同士のようで、笑いも交えながら何やら仕事について楽しそうに会話をしている。エネルギーに溢れた彼女達の声音は、私に「経済力も精神力も持たない自分」という劣等感を感じさせるに充分だった。

羨ましい。輝いている。きっと彼女達は、素晴らしいキャリアを歩んでいる。

私もあの人達みたいに、自分のお金で美味しい食事を楽しみたい人生だった。

しばらくすると、うち一人が「じゃあ、私はそろそろ」と言って、席を立つ。すると、もうひとりの女性も、ごく自然にそれを受け入れ「またね」と笑顔で手を振った。会計は最初から別に付けられているようで、女性は自分の伝票を手にすると、颯爽《さっそう》と支払いを済ませて去っていく。どうやら友人というよりも、常連同士のようだ。

その後、会計作業を終えた那津さんが私のもとにやってきて、「っていうか、あなた、裸足!?」と驚きの声を上げた。

「あ、はい。これには事情がありまして」

足元が冷えきっていたことさえ忘れて、私はこの店の料理と客の観察に没頭していた。

彼は奥のスタッフルームに消えるとすぐ戻ってきて、「とりあえず、コレ履いて」と、ストラップ付きの赤いハイヒールを私に渡してくる。

「えっと、これはどなたのものでしょう……」

「前に、ウチの店で泥酔《でいすい》して、履いていた靴を俺にブン投げて帰ったお客さんがいて。その人のです」

「それって、勝手にお借りして良いんでしょうか？」

「良いんじゃないの？　あなただって靴がない以上、贅沢《ぜいたく》を言っていられないでしょう」

「いえ。私は別に良いんですけど……」

しばらく考えあぐねていたが、思い切ってその靴を履く。サイズはぶかぶかだったが、どうにかして履けないこともなかった。Tシャツにフェイクデニムのパンツ、そしてハイヒールと、なんともアンバランスな服装になる。天堂さんは動き回りながらも、私達のやり取りをちらちらと厨房から見ていた。

「で、オーナーとは、いつから『そういう関係』になったんですか？」

那津さんは臆《おく》することなく、話を続ける。

「……は？」

「言っとくけど、オーナー、外面だけは良いからね。あの優しさを信じちゃダメですよ」

「……あの、何を仰っているのか、よく分からないのですが」

「寝ている時イビキも超うるせーし、あれだけデカいのに小さな虫とか怖がるけど、それでも大丈夫？」

彼は、天堂さんと私の関係を疑っているようだ。全く想定外の疑惑に言葉を失う。同時に、やはりこの人は天堂さんの息子なのだろうと理解し、心を落ち着かせながら言った。

「私と天堂さんはなんでもありません。というか今日、会ったばかりです。先ほど困っているところを、助けていただきました」

その瞬間、彼の瞳が大きく見開かれた。それから「あーーー！　ってことは、アンタが牛丼の女！」と言って、私を指差す。

牛丼の女。

たしかに、そのように形容されれば、その通りである。しかし、なぜ、それを知っているのだろう。続けて彼は言う。

「いや……。ごめんなさい。俺も何があったかは詳しくは知りませんよ。でも、あなたのせいで、こっちは迷惑してるんです」

「もしかして天堂さん、私を庇《かば》ったせいで、仕込みの時間に間に合わなかったとか？」

元料理人として、想定しうる緊急事態を推測してみる。すると、那津さんは、「イエース」と言わんばかりの表情をした。

「そう。それで、今夜はこの有り様。オーナーが『牛丼トラブル』に巻き込まれたせいで」

私は責任を感じ、再び店内を見渡す。既に一度目のピークは越えたようだが、それでも続々とメイン料理の注文が相次いでいる。手前のカウンター席からは「天堂さん、お肉まだ?」とひとりの女性客が不満げな声を漏らしていた。その言葉を聞いた那津さんは直ちに私のもとを離れて、彼女の席に向かう。それからニッコリと微笑んで、何か耳打ちをしていた。彼女の顔はみるみる笑顔になる。一体、何を耳打ちしたのだろう。

その時、前髪で隠れていた目元が垣間見え、彼が随分と端整な顔立ちであると分かった。その女性客にしても「那津くん、那津くん!」と、まるで彼をアイドルのように祭り上げることで、この状況を楽しんでいるようだ。

いい店なのだから、色恋営業のような真似はせず、味で勝負すれば良いのに。私はまだ、この店の料理を一皿も食べていないが、そんなことを思う。

しかし、よく観察していると、どうやらそれが早計だということが分かった。その接客は、客との親密さのなかに、あくまで深入りしすぎず相手を気持ち良くさせる何かがあった。

おそらく彼は、プロとして全て「分かった上で」やっている。軽薄なリアクションは朝飯前のサービスで、徹底的に考え抜き、その結果、自分自身を演出しているだけなのだろう。

そのあいだも変わらず厨房では鬼のような形相で天堂さんが料理を作り、牛フィレ肉やポークソテーを仕上げている。

程よい緊張感が充満し、その空間を守るために天堂さんは料理と向き合い、那津さんは接客に集中していた。この二人、実はバランスのとれたコンビネーションなのかもしれない。

もしかしたら、出過ぎた真似かもしれない。しかし、私はその瞬間、覚悟を決めた。慣れないハイヒールで立ち上がると、「予備のエプロンはありますか？」と那津さんに尋ねる。それから、厨房で狂ったようにフライパンを振るう天堂さんに向かって、声をかけた。

「実は私、元料理人なんです。お手伝いしたら、少しはお役に立つでしょうか？」

「猫の手も借りたいくらいなので助かります。でも、その靴では無理」と言われ、私は那津さんと靴を交換することになった。黒いスニーカーは厨房で動きやすくなるので私は助かったが、はたして彼はハイヒールで接客など出来るのだろうか。

しかし、その心配は無用だった。那津さんはゆるりとしたワイドパンツの裾をまくると、ハイヒールであることを客に見せながら、優雅に歩き回る。まるで、花魁道中のように。

そのまま店のBGMをJanet Jacksonの『If』に変え、料理を運びながら伸びやかに腰を反らせ、華やかなガールズヒップホップダンスを踊り始めた。長い手足を生かし、狭い通路をまるでランウェイのように利用して踊りまくるその姿は、実に大胆で見事だ。まさか彼が、こんな特技の持ち主だったとは。客がパフォーマンスに夢中になっているあいだに、私は天堂さんと素早く打ち合わせを行い、互いの持ち場を確認して調理を始める。

途中で食材の一部が切れてしまい、メニューにないものを作る必要があった。ローズマリーの利いたポークソテーを頼んでいた客には、豚の替わりに鶏を使い、ワインと生クリームで煮込んだものを提案する。さらに牛フィレ肉も途中で切れたので、豚ヒレのブロック肉をまるまるひとかたまり使い、ヒレカツを作らせてもらうことになった。さすがに客から不満の声が上がるかと思いきや、「この店で和食が食べられるなんてね！」と笑って許してくれた。

限られた時間のなかで、絶対に今夜をやり過ごさなくては——

幸い、このレストランの厨房は、独身時代に勤めていた店の作りとよく似ていた。ひとつひとつレシピを脳内から呼び起こし、客席やガスコンロ、厨房内にある冷蔵庫を駆け回りながら料理を作り上げていく。

「厨房にあるものは、全て自由に使って！」

天堂さんは自らも必死で料理に向き合いながら、私の奮闘を見守ってくれた。

最後の客を見送ると、天堂さんから「お疲れさま。無事、閉店です」と声をかけられた。時計の針は、二十三時を指している。

無我夢中で過ごした数時間。いまさらながら、一体何が起きていたのかと戸惑う気持ちが湧いてくる。しかし、肉体は限界を迎えていたようで、猛烈な疲労感がずっしりと身体にのしかかる。

クローズ作業の途中、那津さんが「帰りの時間、遅くなって平気？　もちろん俺が送っていくけど」と確認してくれたが、どのように返答しようかと迷う。すると、私の事情を何も知らないはずの天堂さんが、レジを締めながら「あ、この人は大丈夫」と、淡々と気持ちを代弁してくれた。

今日一日だけで離婚宣言をして、夫と住む家から飛び出して、全体的に私の人生は少しも大丈夫ではなかった。しかし、彼から「大丈夫」と言われると、なぜか大丈夫な気がしてくるから恐ろしい。ある程度の片付けを終えたところで、天堂さんは言った。

「遅くなっちゃったけど、さっと夕飯にしましょう」

カウンターを拭いていた那津さんも「さすがに今日は腹減ったな」と溜息《ためいき》をつく。私は洗い物の手を止めると、改めて二人に「ご迷惑をおかけしました」と詫びた。

それから、もうひとつ、言いたくて言えなかった言葉を彼らに伝えた。

「厚かましいお願いだと分かっていますが、私に何か食べ物を与えてくれませんか？」

那津さんが、驚いた表情でこちらを見る。突然現れた〝ヘルプの女〟が、食べ物まで乞うとは思っていなかったのだろう。

しかし、もう限界だった。今にも空腹で倒れそうだった。

天堂さんは悟ったように頷くと、しっかりと私の目を見て言った。

「当たり前です。今夜の『頑張ったで賞』は、あなたなんですから。好きなだけ食べて下さい。僕は今から、急いで準備します」

危うく、涙がこぼれ落ちそうになる。生きていく上で最重要な欲求を、ごく自然に受け入れてくれたことがありがたかった。

「っていうか……。多分だけど、今夜あなた、帰るところがないのよね？」

天堂という男は、霊能力者なのだろうか。一体どこまで見抜いているのだろう。苦笑しながら「……はい」と私が声を振り絞ると、彼もまた同じように苦笑した。

「とりあえず、お腹を満たしましょう。全てはそれから考えましょう」

彼は、スタッフルームから「村田屋」のロゴが書かれた袋を持ってくる。その中には、「大盛」と付箋の貼られたプラスチックの丼が、二つ入っていた。

「さっき、あなたと会った時に買っておいた牛丼です。さっとアレンジして食べましょう」

そう言って天堂さんは厨房に向かうと、棚からグラタン皿を三枚取り出して調理台の上に置く。それからスプーンで牛丼を均等に三つに分けて、それぞれの皿の上に平たくのせた。

「今日あなたが村田屋で食べ損ねた、チーズ牛丼にするのはどうですか？」

「大歓迎です」

そう答えるつもりが、空腹のあまりギュルリとお腹が鳴ってしまう。

「あはは。そのお腹の音が、良いお返事ってことですね」

笑いながらそう言うと、彼は冷蔵庫から小さな袋を取り出す。そのなかにはピザ用チーズ、クリームチーズ、ブリーチーズ、ゴルゴンゾーラ、ミモレットチーズが入っていた。

「牛丼にチーズを沢山散らして、僕なりに『ドリア風』にアレンジしていきますね」

その言葉の通り、彼はまな板の上で一口大にカットしたチーズを皿の上に散らすと、今度は瓶詰めにされたピクルスとトマトソースを冷蔵庫から取り出す。皿にピクルスを薄切りにして散らし、隙間を埋めるようにトマトソースをところどころのせる。一連の作業には、全く無駄がなかった。

「さぁ、まもなく『アナタのための特別なチーズ牛丼』が完成します」

穏やかに微笑むと、彼はオーブンに皿をのせてつまみを回す。

五分後、熱々のグラタン皿の中身を見た瞬間、思わず吐息がこぼれた。チーズの黄色、ピクルスの緑、トマトの赤が牛丼の上で光り輝き、実に色鮮やかだったのだ。市販の牛丼にチーズとトマトソース、ピクルスを加えるだけで、こんなにも贅沢な食べ物が完成するなんて。

天堂さんが作ってくれた料理を、私は一心不乱に貪る。両隣の席に座る天堂さんと那津さんもまた、無言で味わっていた。

しかし、その沈黙は決して苦痛ではなかった。三人が揃って「美味しい」という感情を共有していた。

なぜ今夜、私は出会ったばかりの男達と食事を共にしているのだろうか。それでも今は、あらゆる疑問を超越し、とにかく腹を満たすことしか考えられない。

ただひとつ、分かっていることがあった。

それは、ひとまず、今夜の私は孤独ではない、ということだった。

そのまま涙をこぼし、笑い、食べ物を口に詰め込み、盛大にむせた。

「泣くか、笑うか、食べるか、むせるか、どれかにしなさいよ。ゆっくり噛んで食べな」

嗚咽《おえつ》しながら咳き込む私に、那津さんが諭《さと》すように言って背中をさすってくれる。

その後、天堂さんがコップに水を注ぎ、目の前に置いてくれた。私が一気に飲み干すと、

「よっ！　良い飲みっぷり！　名前も知らないけど、あんた良いオンナだよ！」と、茶化すように那津さんが言う。

そうか、まだ彼らに自分の名前すら伝えていないのか。一呼吸置くと、私は両隣に座る彼らを見つめながら、改めて言った。

「本日、牛丼が原因で夫と離婚することになりました。白石葉と申します」

自分の現状を一文で伝えるには、あまりにもパワーワードが並びすぎた。しかし、ほかにどのように自己紹介すれば良いのだろう。

一瞬、店内がシンと静まり返る。

次の瞬間、天堂さんと那津さんは互いに目を見合わせると、一斉にスプーンを置いた。二人は両手を広げ、まるで打ち合わせていたかのごとく、大きな大きな拍手を始める。

私は拍手喝采を浴びながら、これまでの夫との関係や家キャンプでの出来事、村田屋での事件、その後、無一文の状態で家を飛び出したことを伝えた。

「よく逃げ出してきたな。本当にお疲れさん」

一連の流れを聞くと、那津さんは決して揶揄《やゆ》するわけではなく言った。

その言葉で、私はこの四年間、ずっと喉に刺さっていた小骨がとれたような気がした。続けて天堂さんが、「僕が村田屋で、離婚のきっかけを作っちゃったかなぁ」と苦笑する。

「そうではないんです。もうとっくに、夫との結婚生活は破綻《はたん》していたんです」

私が慌てて否定すると彼はわずかに微笑み、心配そうな表情で言った。

「それで、これから生活のほうはどうするつもりなの？」

虚《きょ》を衝《つ》かれて、言葉を失う。それは、今後の最重要課題だった。言葉に詰まっていると、那津さんが天堂さんにひとつの提案をしてくれた。

「とりあえず、今晩はウチに泊まってもらう？」

彼は少し考えてから「それはもちろん良いんだけど」と、神妙な表情を続ける。

「白石さん。今夜、あなたが一番連絡を取りたくない相手だとは思うんだけどね」

その後、わずかに言い淀む。最終審判を待つように、私は次の言葉を待った。

「別れる予定の旦那さんに、一報を入れておいてくれないかな？」

「え？」

英治の顔が脳裏《のうり》に浮かび、戦慄《せんりつ》が走る。出来れば、もう二度と連絡を取りたくない相手ナンバーワンだ。しかし、依然として厳しい表情のまま、天堂さんは言う。

「なぜなら、君達はまだ、同じ籍に入っているから」

天国から地獄に突き落とされたような気分になる。

「彼が逆上して、一方的に妻が家を出て夫婦関係が破綻したと訴えてきたり、後から慰謝料を請求してきたり、何か文句を言われたりしないためにも、一応ね」

那津さんはその言葉を聞くと「たしかに」と同意し、「さすが敏腕経営者は考えることが抜かりないな」と付け加えた。

「え、天堂さんって、警察官じゃないんですか?」

私は、村田屋での一件を思い出す。天堂さんは「あの時は、ちょっと緊急事態だったから嘘をつきました。本当はこの店の土地も僕が経営する不動産会社が持っているんだ。つまり、僕がこの店のオーナーってこと」

と私に詫びた。

英治に連絡を入れるべきだ——どう考えても天堂さんの言っていることは正しい。そうだ、ここで逃げてはいけない——。

そう思うのに、どうしてもからだが動かない。

しばらくのあいだ、店内には時計の針がカチカチと進む音だけが鳴り響いた。

業を煮やしたかのように、那津さんが言う。

「厄介な相手にさ、先手を取って誠実な対応をしておくことも、自立への一歩なんじゃない?」

その言葉で決心がついた。

おそるおそるズボンのポケットからスマホを取り出して、液晶画面を眺める。英治からの連絡はなかったが、彼の両親からそれぞれ十件以上、着信があった。やはり大変なことになっている。

意を決してLINEアプリを開くと、英治に〈私は、もう限界です。帰りません〉と、送信した。ただそれだけのことが、実に難しかった。

「っていうか、白石さんさえ良ければ、うちで住み込みの料理人として働く?　雇用形態はこれから考えるけど、きちんと生活が出来るように、それなりの額を払います」

天から降ってきたような天堂さんの言葉に、思わず驚く。

「ちょうど少し前に前任の料理人が辞めて、困っていたの。それで、オーナーの僕が泣く泣く厨房に入っていたというわけ。この店の二階には、手狭だけど居住スペースがあります」

今夜、彼が切羽詰まった様子で調理をしていた姿を私は思い出した。会社経営が多忙であろう彼がシェフを担うのは、たしかに無理があるだろう。

「それと、僕らの関係だけど、こういうことです」

彼はそう言うと立ち上り、那津さんにもたれかかる。そのまま二人は照れたように笑った。

「はぁ……えっと」

思考が停止する。その親密さは、父と子のものではなかった。二人は恋人同士だったのだ。では、今日の営業中、なぜ那津さんは私と天堂さんの関係性を疑ったのか。那津さんは「照れる」という感情を通り越して、怒ったような口調で言った。

「俺は結構、嫉妬《しっと》深くて、この人が女性を連れてくると、すぐ浮気を疑うから。そこんとこ、よろしく」

私は心底、この二人のことをほほえましく思った。しかし、すぐには「本当の自分」を晒《さら》せないだろうとも思った。今までも人と関わり合いたいと思っては、ことごとく失敗してきたからだ。

その最たる相手が英治で、その傷はまだ、自分自身を強く縛り付けている。私はまだ、そう簡単に自らの矜持を取り戻せないのかもしれない。でも。

「ありがとうございます。このお店で働かせてください」

私は天堂さんからの提案を受け入れると、「ただし」と付け加える。そして、自分なりの希望を添えた。

「私の最終的な目標は、経済的自立です。どうかしっかりと、お金を稼がせて下さい」

天堂さんは、「ええ、もちろん。望むところですよ」と微笑んだ。

「それと、これはプレッシャーをかけるためのお知らせです」と、彼は続ける。

「ここに来るお客さんは皆、なかなか、素晴らしく手強いですよ」

その言葉を聞きながら、那津さんも不敵な笑みを浮かべた。

私は息を呑むと、力いっぱい自分を鼓舞《こぶ》した。

「覚悟は出来ています。今日一日、厨房に立って実感しました」

ひとりの料理人として店に立ち、自分の料理でお客様を幸せにする。そして、対価にお金をもらう。そんなことが、今の私に出来るのだろうか。

しかし、今は見切り発車でも良いから、その可能性に全てを賭けてみたいと思った。

那津さんが「なぁ、今日の記念に一本、開けようよ」とイタズラな表情をして、ワインセラーから一本のボトルを取り出す。

「おぉ。いいね」

天堂さんも賛同した。私達は入り口付近のテーブル席に移動すると、しっかりと互いに向き合う。それから天堂さんが棚からグラスを取り出して、それぞれに注いでくれた。

「このワインにはね、GPSが付いていると言われているんだ。それくらい、飲むとすぐに産地が分かってしまう味わいなんだよ。名は『アタラクシア・シャルドネ2020』。ワイナリーは南アフリカにあって、『天国に近い場所』って言われている。僕らの店も、お客さんにとって、そういう場所だと思ってもらえますように。それでは、白石さんの新しい人生に乾……」

彼がそこまで言ったところで、那津さんが「ウンチクが長過ぎる！」と言葉を遮った。それから一気にグラスの中身を飲み干すと「あ～！　うめぇ」と叫んだ。私は笑いながら彼らの姿を見つめ、そっとワインを舌にのせてみる。その甘い雫《しずく》は、疲れた脳内に染み渡るような、深く、澄み切った味わいだった。

その瞬間、ふと、今夜の出来事が夢だったらどうしようという恐怖がよぎった。明日起きたら、英治の隣で絶望している姿が、私はまだ容易に想像出来る。

しかし、今はただ、一切合切の不安材料を全て胃に流し込むことにする。

そして、明日からどうか強く生きていけますように、と切に祈った。

第二話

運命の輪

目が覚めると、見慣れない天井が目に飛び込んできた。

窓からは朝の光が射し込み、鳥のさえずりが美しい。なんと穏やかな気配だろう。私の唸り声以外は。

「大丈夫？　怖い夢でも見たのかい？」

扉の向こうから優しい声が聞こえる。すぐに天堂《てんどう》さんの声だとわかった。

私はかろうじて呼吸を整えると、扉越しに「大丈夫です」と答えて、状況を整理する。

ここは、夫と住んでいた家ではない。「Maison de Paradise《メゾン ド パラダイス》」の二階・居住スペースだ。

昨夜、私は縁もゆかりもなかったこの店に着のみ着のまま辿りつき、住み込みの料理人として働くことになった。たしか天堂さんと那津《なつ》さんと閉店後にワインで乾杯し、就寝のために二階に上がったのが、深夜一時。

一階の厨房から階段で二階に上がると、真っ先に広いフローリングが目に飛び込んできた。二十畳はあるだろうか。南側には大きな窓があり、すぐそばに木製の大きなテーブルと椅子が置かれていた。その奥には、黒い二人掛けのソファーとローテーブルが配置され、隅にはコーナーラック、床にはモロッコ風の美しいフロアランプが置いてあるのが印象的だった。

リビングの北側には二つの扉が並んでいる。個室が二つあるようだ。

階段の方を振り返ると、南東の端に半独立型キッチン、反対の西側には「bathroom」「toilet」と銀色のルームプレートが吊るされた二つの扉が見えた。

アンティーク家具で統一された室内は洗練され洒落ていたが、彼らにとっては散らかっている状態に入るようで、しきりに二人とも「汚くてごめん」と詫びてくれた。

天堂さんは使い捨ての歯ブラシやスマホの充電器、Tシャツなどをせっせと家中から掻き集めてくれ、那津さんは手早く掃除機をかけキッチンで洗い物をしていた。

大柄な男性ふたりがバタバタと駆け回る姿をただ眺めることしか出来なかったが、室内のところどころに設置された温かみのある小さな電球形のランプが私の心を落ち着かせる。

何か手伝いたいと申し出たが、那津さんから「戦力外通告。とりあえず風呂入っといで」と告げられてタオルや洗顔フォームを渡されると、結局、促されるまま浴室に足を運んだ。

急いでシャワーを浴びてリビングに戻ると、二つ並んでいた扉の手前の部屋が開いており、中を覗くと壁一面の本棚に本が並んでいる。おそらく、普段は天堂さんの書斎なのだろう。

部屋の中央にはシングルサイズの布団が敷かれ、私のために彼らが用意してくれた今夜の寝床なのだと分かった。

「今日はもう遅いから、明日のことは明日考えましょう。僕らは朝シャワーを浴びます」

ガウンに着替えた天堂さんは眠そうに私に微笑み、那津さんも「眠さの限界」と同調する。

彼らは隣の部屋に入り、私も布団を敷いてもらった部屋に促されて、就寝の準備をした。

布団に潜《もぐ》ると、パリッとしたシーツが気持ち良くて涙が出た。他人に布団を敷いてもらうのなんて、何年ぶりだろう。見知らぬ土地で、出会ったばかりの男性達と暮らす現実に緊張していたが、瞼《まぶた》を閉じると少しずつ眠気が押し寄せてきた。

一方で、脳の一部は未だ覚醒《かくせい》しているのだろう。まどろんでいる内に、結婚直前の、あの日の出来事が瞼の裏側に蘇る。それは、私達夫婦が暮らす予定のマンションの入居審査に通った日のことだった。

「葉《よう》ちゃんが今まで貯めたお金は、幾らある？」

今後の家計について話し合っていたところ、英治《えいじ》は私の貯金額を探ってきた。不意に問われて、思わず「なぜ？」と答えてしまった。それまでの話し合いでは、結婚後は英治の収入で暮らし、私は仕事を辞めて家事を担うことで決まっていたからだ。

独身時代の貯金は緊急時の〝生活防衛資金〟として考えていたし、彼は結婚後、私をアルバイトには出さないと頑《かたく》なに言うので、このお金だけはどうしても自分で守りたかった。

しかし、英治は、さも当然という表情で言った。

「これまで貯めたお金は、全部僕の口座に入れておいてね」

戸惑いを隠せず、いつお金が必要になるか分からないから貯金を渡すのは勘弁してほしいと告げたが、彼は「え？」と不機嫌な表情を返す。しばらく押し問答が続いたが、最終的に色々と考えることが億劫《おっくう》になり、私は貯めていたお金を全て渡してしまった。というか、通帳とカードを引ったくるように奪われて、やむなく暗証番号を教えてしまったのである。

結婚相手を、見誤ったかもしれない。そんな思いがチラッと頭をよぎった。しかし、その思いは心の奥底にしまった。結婚という船は、とっくに動き出していたし、後戻りするには遅すぎると思ったからだ。

一向に夢から醒《さ》めずうなされて、いつのまにか私は「アー」とか「ウー」とか声にならない声で叫んでいたようだった。

——何度目かの自分の声でわずかに目が覚めると、「大丈夫？」と天堂さんの声が聞こえた。声がする方向に必死に歩を進めるうちに、私は現実世界へと戻っていた。

「僕は仕事に出るけど、夕方には戻るね。そうしたら、色々と作戦会議しよう。困ったことがあれば那津に言うんだよ」

「はい。分かりました」

タンタンタン。

布団に入ったまま努めて明るく答えると、彼は軽やかな足取りで階段を降りていく。

聞いているだけで落ち着く生活音を扉越しに聴きながら、同時に私は異変も感じていた。身体が、鉛のように重い。起きようと思っても、起き上がることが出来ない。

理由はなんとなく分かった。私は、この家に避難出来たことに安堵している。だからこそ、結婚生活で溜め込んだストレスが、今になって噴出しているのだと思う。

しかし、それは天堂さんと那津さんに関係のないことである。この家に住まわせてもらう以上、彼らには甘えず自分でどうにか解決しなくてはならない。

首元の汗を拭《ぬぐ》い、出来るだけゆっくりと深呼吸してみるが、なぜか上手く息が吸えない。

枕元の充電ケーブルからスマホを手繰《たぐ》り寄せる。画面を見ると「百二十九件」とおびただしいＬＩＮＥの通知が来ていた。

『英《えい》ちゃんから聞きました。家を飛び出したって、どういうことですか？』

『何か辛いことでもあったのかしら？　風水の先生に視てもらうのはどう？』

『裸足でご近所を走り回ったそうね。大人として恥ずかしいと思わない？』

いずれも英治の母親からで、深夜も数十分おきにエスカレートした文面が届いていたことにぞっとする。世界中で私だけが取り残された感覚に陥り始めた頃、勢いよく部屋の扉が開いた。

「居候《いそうろう》の身で昼まで寝続けるって、結構良い度胸してるよな」

扉のあたりに首にタオルをかけたパーカー姿の那津さんが立っていた。シャワーを浴びた後のようで、濡れた髪からはシャボンの香りが漂っている。

「……あの、せめて扉、ノックしてくれませんか？」

突然のことに動揺しながらも、私はさりげなく那津さんに注意する。しかし、彼は少しも動じなかった。

「なぁ。口減らしって言葉、知ってるか？」

「え？」

「生活費を減らすために、子供を奉公に出すこと。家族が少ないほうが、金がかからないじゃん」

「はぁ」

「昨日は可哀想だから、泊まらせてやっただけ。もし役に立たないならアンタを口減らしに出します」

那津さんはウェーブがかかった髪を丁寧にタオルで拭きながら、私を見下ろす。その瞬間、自分が同居一日目にして追い出されそうだと初めて察知した。何か反応したい一方で、どうにも身体が動かない。その代わりに一言だけ、声を振り絞った。

「朝からずっとこんな状態なんです。……自分でも情けなくて」

混乱する状況を精一杯、伝えたつもりだ。しかし、彼は鼻で笑う。まるで美しい顔をした悪魔のようだった。

「状況だけ説明されても、こっちはどうしたら良いか分からないんだけど。アンタさ、自分が悲劇のヒロインにでもなったつもり？」

哀しみに近い怒りを抱く。まがりなりにも昨夜、私は店の厨房に助っ人として入り、彼らを助けたはずである。馬鹿にされる筋合いはないし、那津さんも喜んでいたではないか。

思い切って、今の状況を話すことにした。夫と暮らす家に強制送還されることも懸念したが、誤魔化していても埒《らち》が明かないと思ったのだ。

「すみません。実は朝から、何もやる気が起きなくて。起き上がることさえ億劫なんです」

数秒の沈黙が訪れた後、室内にグーという音が響く。暗澹《あんたん》たる思いに反して、なんと私は盛大に腹を鳴らしてしまったのだ。彼は驚いた表情をしてから、ニヤリと微笑む。

「食欲だけはご立派なようで」

好奇の眼差しを向けられて、羞恥心《しゅうちしん》でいっぱいになる。

「我慢できます。今のは気にしないで下さい」

虚勢《きょせい》をはろうとした瞬間、冷たい水が顔の上にぽたりと一滴、滴《したた》り落ちた。彼の顔が、すぐ目の前まで迫ってきたのである。

「肌のくすみヤバいし、目の下にクマもあるよ。そういう時に大事なのは、栄養補給だろ。しかも、お粥《かゆ》なんて優しいもんじゃダメで、牛肉食べろ、牛肉。牛肉の効能は天才だから。よく髭のおっさんにも食べさせてる」

「はぁ、髭のおっさん、ですか」

「天堂のこと。ま、どんなに辛くても腹は減るんだよな。やっぱ、肉だな。今のアンタに必要なのは」

そう言うと彼は、扉を開けたまま出ていく。

十分ほど経った頃、那津さんは青いエプロンをつけて再びやってきて、私の枕元にランチョンマットと皿を置いた。

「ほら、食いな」

香ばしい香りがする物体を、ナイフとフォークで切り分けてくれる。フォークの先端には光沢のある肉の塊が刺さり、思わず舌舐めずりをしそうになるが、一応、確認した。

「いただいて良いんですか?」

その言葉を聞いた彼は、「おう」と頷きながら意外な行動をとった。なんとランチョンマットの端をつまみ、スーッと床を滑らせて部屋の入り口まで肉の載った皿を遠ざけたのだ。

「へ？」

思わず声にならない声が出る。

「但《ただ》し、ここまで食いに来られたらな」

彼が何を言っているのか、分からなかった。

「本当に食いたいなら、床を這ってでも食えるだろ」

その瞬間、頭に血が上るのが分かった。これほどまでの辱《はずかし》めを受けて、肉を食べる必要があるのだろうか。

「……あまりにも人権蹂躙《じゆうりん》じゃないでしょうか？」

「なんでも人がお膳立てしてくれると思ったら、大間違いだよ。最初の一歩は自分で来い」

彼は淡々と呟くと、扉の前であぐらをかく。一連の流れがあまりにも軽やかに行われ、私は呆然《ぼうぜん》としてしまった。

目の前の肉まで、約二メートル。

人としてのプライドを優先するべきか、食欲のために潔く這うべきか。

変わらず私は布団の上で横になっていたが、意を決して深呼吸をして身体に号令をかける。

すると、一気に上半身が上がった。その瞬間、「あっ」と自分でも驚くほど大きな声が出たが、彼はノーリアクションだった。

四つん這いの状態で扉に向かう途中、まるで自分が獲物を狙うハイエナのように感じる。惨めな気持ちを隠すようにして、目の前の那津さんに声をかけた。

「那津さん。これ、あれですよね？」

「ステークアッシェ。繋ぎを入れない、ハンバーグとステーキの良いとこどりの料理」

その料理を、一度だけ作ったことがあった。

——英治と暮らしていた頃、厳しい食事制限を課す彼に対するささやかな抵抗をするため、私は密かにあの家のキッチンで作ったのだ。ただし、夫が定時より早く帰宅してしまったことで結局、ひとくちしか食べられずゴミ箱に捨てるハメになった。

「無事に辿り着きましたけど」

やっとの思いでそう呟き、彼からフォークを受け取ろうとする。しかし、思いがけず彼は直接、私の口まで肉を運んでくれた。その瞬間、肉汁がわずかに顎先に垂れて肉の旨味が口内に広がった。脳天を貫くほど美味しい。

「もう一口、お願いします」

気がつけば私は、図々しい言葉を口走っていた。しかし、意外なことに、そこからの那津さんは笑ったりからかったりせず、大真面目な顔でせっせと肉を口に運んでくれた。

ふと、涙が出た。彼が私の空腹をなおざりにすることなく、美味しい料理を作ってくれたことが心底嬉しかったのだ。

一方で、「這ってでも食え」という言葉が私の尊厳を崩壊させたのも事実で、彼の優しさと厳しさの狭間で混乱する。歯に衣着せぬ言葉の数々は、今後の暮らしの厳しさを予感させた。

肉の塊を食べながら咽《むせ》び泣く女の形相は常軌《じょうき》を逸していたに違いないが、背に腹は代えられない。

「ご馳走さまでした」

猛烈な勢いで食べ終えて心から礼を言うと、那津さんは「お粗末さんでした」と言って後片付けを始める。使った食器を全てキッチンに運び終えると、再び私の部屋にやって来て「ちょっとダンスレッスン行ってくるわ」と言い、外出してしまった。


結局、夕方まで那津さんは帰って来なかった。居候の身で何もしないことが心苦しい私はリビングの床掃除をしたり、室内のインテリアを磨いたりして時間を潰した。

ダンスから帰ってきた那津さんはソファーでゆったりと寛ぎながら、今日のレッスンについて得意げに色々なことを教えてくれた。

いつも一緒に踊るメンバーは、それぞれ別の仕事に就いているが、ダンス業界ではそれなりに有名な「アラン・スミシー」というアメリカン・ストリート・ジャズのユニットを組んでおり、時々大規模なステージに立っているということ。

そのユニットはヒールのある靴を履いて踊ることを売りにしており、フランスの振付師、ヤニス・マーシャル氏のダンスを那津さんが数年前にニューヨークで見て圧倒されたことが、チーム結成のきっかけだということ。

いずれも私の知らない世界の話ばかりで、聞き入ってしまう。

彼のリラックスした表情を見ながら、もし弟がいたらこんな感じなのかな、と思った。その瞬間、那津さんは私の表情を覗き込み、「今、俺を弟みたいだって思っただろ」と言った。

「那津さんって、人の心が読める特殊な能力をお持ちなんですね」

驚いて私が頷くと、彼は苦笑しながら言葉を続ける。

「アンタって、自分が思っている以上に感情が顔に出てるよ」

「え？」

「それは今朝、話している時に気づいた。でも、昨日は気づかなかった」

「昨晩はピンチヒッターでお店の助っ人もして、忙しかったですもんね」

「そういうことじゃなくて」

那津さんはテーブルに置いた牛乳を一口飲むと、少し考えるように言った。

「今まで押し殺してただけで、感情が表に出やすいタイプなんだろうな。本当は人並みにずるいくせに、『私は虫も殺しません』って顔はしないほうがいいぞ。人によっては見抜くし、鼻につくから」

少しでも彼に気を許した自分が馬鹿だった。すかさず私は、ピエロになる。

「……ははは。たしかに！　那津さんって凄いですね。人の分析まで出来るんですね」

「今の言葉も、本音はこうだろう？『こんなガキに私の気持ちの何が分かるの』って」

図星だった。醜《みにく》い感情を露《あら》わにされて、苦々しい気持ちでいっぱいになる。

「ひとつだけ覚えていて欲しいんだけど、俺、上辺だけの言葉って本当に嫌いなのね」

「……はぁ」

「今日、アンタにステークアッシェを焼いたのは、俺がやりたくてやったこと」

「すごく感謝しています」

「感謝の言葉は求めてない」

毅然《きぜん》と言い切る彼の表情は、どこか天堂さんに似ていた。やはり恋人同士は、顔も似てくるのだろうか。

「じゃあ、私はなんて言えば良いのでしょうか」

混乱した。お願いだから、この微妙な空気感から解放してほしいと願った。

「嫌なことは『嫌だ』って言え。あと、頼りたい時は『頼りたい』って言え。この家にいる以上、俺や天堂から嫌われるかもって顔色を窺《うかが》うことは一切しないで欲しい。俺らにお世辞を言うのは、もってのほか。上目遣いでこっちの機嫌をビクビク窺ってるのモロバレだし、無性に腹が立つから」

「いや、それは無理ですね」

自分でも驚くほど大きな声が出た。

「なんで出会ったばかりの人に、何もかも否定されなきゃいけないんですか？　穏やかに生きていくために、人に気を遣って、感情を無にして生きるほうが楽な人間だっているんですよ」

言いながら涙が出た。しかし、涙の要因は那津さんに対する怒りだけではないことに気づいていた。——この涙は、何もかも思うようにいかないことに対する、自分への憤りの表れだ。

静寂に包まれる。窓辺から夕陽が射し込み、部屋の中を寂しく照らしていた。

その時、ズボンのポケットに入れていたスマホが震えた。涙を拭い着信相手を見ると、「松《まっ》田《だ》さん」と表示されている。ちょっとすみません、一応出ます、と那津さんに断りを入れて急いで電話に出た。第一声で「白石《しらいし》さん、大変なことになってる」と神妙な声が聞こえてくる。

「……ご心配をおかけしています」

努めて冷静に応答すると、彼女は「あなた今、どこにいるの？」と問う。

瞬時に〝おかのやのおかずをくれた優しい松田さん〟を思い浮かべたが、英治と繋がっている可能性も否定出来ないと思い、念のため用心した。

「詳しくは言えませんが、友人の家に居候させてもらっています」

「良かった。あなたのことを誰かに密告することはないから、安心して。それよりも……」

ふと那津さんに目をやると、ソファーでスナック菓子を食べて寛いでいる。絶妙に興味を持たれていない感じが、ありがたかった。

「英治くんのご両親がうちに来て、あなたの居場所を知らないかって恐ろしい形相で聞いてきたの。うちだけじゃなくてご近所中、捜してるみたい。警察に届けたりはしていないと思うんだけど」

「そうですか。ご迷惑をおかけしてしまい、申し訳ございません」

お詫びの言葉を口にすると、彼女は興奮気味に言った。

「あと、もうひとつ伝えないといけないことがあるの。今ご近所のあいだで、あなたのことが好き勝手に噂されてる。旦那さんに暴力を振るったらしいとか、裸足で街を歩いて村田屋で無《む》銭《せん》飲食をしていたらしいとか」

「へぇ」

他人事のような言葉しか返すことが出来ない。

「白石さんのことだから、何か理由あってのことだと思うんだけど……」と彼女は気遣ってくれたが、余計なお世話だった。私は一刻も早く、電話を切りたかった。

松田さん、あなたに出来ることは何もありません。彼女を傷つけることなく、その事実をやんわり伝えることが出来れば、どれだけ気が楽になるだろう。

「ご心配をおかけしますが、夫や、夫の両親には何も言わないでもらえると助かります」

それだけ伝えると、私はやや一方的に電話を切る。切ったそばから、放心状態になった。

「なぁ。ちょっとこっち来て。暇潰しに付き合って」

その時、なぜか寛いでいたはずの那津さんが立ち上がり、私が泊まった部屋の隣の扉を開けて私を中へと促した。

彼らのプライベート空間に足を踏み入れるのは、躊躇われる。しかし、那津さんより一歩下がった形で扉のほうに進むと、そこには小さな森のような空間が広がっていた。

木製の窓枠にはアマリリスをはじめとした花が、幾つもポットに入れられて飾られている。天井から吊り下げられた真鍮《しんちゅう》のペンダントライトは温かい光を放ち、天蓋《てんがい》付きベッドには蔓が巻き付いていた。

「……寝室っていうか、ちょっとしたジャングルみたいですね」

思わず私が素直な感想を述べると、彼は笑いながら「俺も髭のおじさんも、植物に目がないのよ。でも、あっちもこっちも飾るとキリがないし、枯らさないように管理するのも大変だから。せめて、寝る場所くらい好きな花で埋め尽くそうと思って」と言って、窓辺のミニバラに霧吹きで水をやる。

那津さんは壁際のスタイリングチェアに私を招くと、あっという間に身体にクロスを装着させる。それから、朝からヘアセットもせずに乱れていた髪をいとも簡単にポニーテールにしてくれた。目の前のドレッサーの上を見ると数々のスキンケア用品が置かれ、その脇には色とりどりのチークやアイシャドウ、フェイスパウダーやリップが並んでいる。

「ちょっと顔、いじっても良い？」

彼は、まじまじと私の肌を見つめる。その顔は今朝「牛肉の効能は天才だから」と言った時と全く同じく、好奇心に満ち溢れていた。思わず「はぁ」と頷いてしまい、自分の顔を鏡越しに眺める。口角が下がり、くっきりとほうれい線が刻まれていた。

目を背けたくなる。夫の好みに合うように媚《こ》びた、上辺だけのメイクは上手くなったつもりでいた。しかし今、鏡に晒された素顔は疲れ切っており、中身が空っぽである。

「これまで化粧品で肌が荒れたこと、ないよな？」

こちらの返事を待たずして、彼はヘアクリップで私の前髪を留め、化粧水を染み込ませたコットンでフェイスラインを拭く。想定外の状況に混乱しながらも、かろうじて頷いた。

私の戸惑いを察したのか、彼は「これ見て」と手のひらほどのサイズの写真立てを渡してくる。額には数人の男性が派手なメイクをして、黒いライダースジャケットを着てステージで踊る写真が入っていた。

「こいつら全員、アラン・スミシーのメンバー。この時は全員、俺がメイクした」

「……凄い。魔法みたいです。っていうか、那津さんはどこでメイクを覚えたんですか？」

興奮する私を前に、彼は淡々と告げる。

「俺は元美容師。メイクもヘアも両方出来る」

「え？」

「昔のことだけどな。まぁ、人のことはいいのよ。それよりも葉、おまえスキンケア普段からサボってんじゃねぇ。バレてるぞ。小鼻の黒ずみも、唇の乾燥もやばいことになってる」

彼は鏡越しに、軽蔑した表情で私を見つめる。呼び捨てにされて、どきりとした。

「すみません。化粧品を買う時は夫の許可が必要だったので、最近は買うのが面倒でケアを怠っていたように思います」

事実を伝えたつもりだが、那津さんは「ひどいな」と言って、ぷっと吹き出す。「不謹慎《ふきんしん》です」と私は反撃したが、彼の笑いは止まらない。

これまでの人生を笑われている気がして憤りを感じたが、屈託《くったく》なく笑われると全ての悩みが束《つか》の間《ま》ちっぽけに思えて、自分でも可笑《おか》しくなってしまう。

そのままブラシで、透明なリップグロスを塗られる。瞬時にピリッとした刺激が皮膚の表面を走り、「痛っ」と言ってしまった。

「縦ジワが凄いから、カプサイシン入りのプランパーを塗った。ちょっと染みるぞ」

彼は少しも動じない。

「プランパー？」

「そう。グロスとよく似てるけど、こっちは美容液。唐辛子の力で温まって唇の血色が良くなるし、要らん皮が剝《む》けて明るい印象になる」

「はぁ」

しばらく時間が経つと、たしかに口元が温まり、ほんのりと蒸気に蒸されたような色合いになった。私は初めての体験に緊張して、「本当に大丈夫ですよね？　この痛み」と念を押したが、彼は「唇がピリついたくらいで死なない」と言うに留まる。答えになっていない。

徐々に唇の表面に浮き上がる皮をティッシュで拭き取りながら、彼は言う。

「昨日、店に入ってきたアンタの顔見た時、似合わないメイクしてんなぁと思った」

「着のみ着のまま逃げ出して来たので、メイクはほぼ落ちていたはずですけど……」

「どれだけ崩れていても、なんとなく普段の様子は分かるだろ」

「……はぁ」

「昨日のアンタは、ヤバかった。瞳は曇りまくってて、異様な雰囲気で、ヤベェ奴が来たなと思った。ったく、よくも天堂はこんな謎の女を助けたなって」

彼は大きな手のひらで、先ほど顔に染み込ませた化粧水をハンドプレスする。そのままクリームを手に取ると肌全体に馴染ませ、勢い良くフェイスマッサージを始めた。

すぐに頰がリフトアップして、顔に透明感が出る。さらに彼が両手の拳《こぶし》を使って私のこめかみをグリグリと揉み始めると、数秒も経たないうちに目元がすっきりした。

「拳で押されると痛いだろ。長年溜まった、老廃物《ろうはいぶつ》のせいだよ」

彼は少しも力を抜かずに、強いマッサージを続ける。「謎の女」と揶揄されて心外だったが、じりじりと鈍い痛みを感じて反論することが出来なかった。

そのまま唇に目をやると、プランパーの効果が現れているのかツヤが出始め、何も塗っていないのに桜色に色づき始めている。それだけで、かなり若々しく見えた。

「たかが唇で、これだけ変わるんですね」

ぽろりと本音を口にすると、呆れた様子で那津さんは言った。

「たかがって……。あのな、日本人は恥ずかしがり屋で、目元を見ない人が多いの。とくに多くの男は無意識に女性の唇を見るから、縦ジワは婚活で死活問題だぞ」

「……あの、離婚を希望しているとはいえ、一応まだ夫がいる身なので」

「今の相手と別れたら、また恋をするかもしれないだろ？　人生、何があるか分からないんだから」

「はぁ。恋、ですか」

その単語を、久しぶりに聞いた気がした。今の私は恋愛どころか、生きていくだけで精一杯である。彼は本気で言っているのだろうか。

瞬く間に下地とファンデーションが塗られ、目のキワと小鼻周りにコンシーラーがのせられていく。華奢なブラシでフェイスパウダーがサッと重ねられた瞬間、陶器のように滑らかな肌が完成して思わず息を呑んだが、彼は黙々とメイクを続けた。

「今度は目の錯覚を利用して、顔の中心に光を集めるからな。良いか？　見てろ」

彼はコンパクトに入ったハイライトパウダーを指の腹にのせ、両眼の目頭、鼻の付け根と頭、唇の中央にのせていく。それだけで顔の中央に光が宿り、瞳の奥が輝き出したので驚いてしまった。プラムカラーのチークやバイオレットのアイシャドウなど、普段ならば縁のない華やかな化粧品が続々とのせられ、まるで美しい絵画を顔に描かれているような気持ちになる。

アイシャドウパレットの蓋がカチッと閉まる音や、ブラシの擦れる音を聞いているうちに、リラックスするあまり、つい、うたた寝をしそうになった。

ホワイトローズの香りがするミストを髪に吹きかけられ、ブローが始まった瞬間、いよいよ私は眠りに落ちた。目を瞑《つむ》ると束の間、自分が少女の頃に戻ったような気持ちになる。

「おい、起きろ。完成した」

その声で眠気が吹き飛び、急いで鏡を見る。そこには、幸福そうな顔の自分がいた。昨夜、一文無しで逃げ出した人間とはとても思えない、たっぷりと潤いを含んだ仕上がりだった。

感想を述べる暇もなく、部屋の扉がノックされる。

「ただいま。二人共、ここにいるの？　開けても良いかな？」

天堂さんの声だった。返事の代わりに、「おう。開けていいぞ」と那津さんが言うと、ゆっくりと扉が開く。

「アメージング！」

変身を遂げた私の姿を見て、天堂さんは驚いたように拍手喝采した。

「ちょっと、素晴らしいじゃない。まるで『ロシュフォールの恋人たち』に出てくるカトリーヌ・ドヌーブみたいだよ」

思いがけず褒められ居心地の悪さを感じた私は、「でも、一時的な魔法にすぎませんから」と卑下《ひげ》してしまう。言ったそばから那津さんに悪いことを言ってしまったと思ったが、彼はメイク用品を片付けながら、さも当然のように言った。

「よく分かってんじゃゃん。でも、魔法だってかけ続けるうちに本物になるから、バカに出来ないぞ」

返す言葉を探していると、天堂さんは着ていたジャケットを脱ぎながら言った。

「そうそう。人は意外なほど簡単に、魔法に騙されてしまう生き物だからね」

言われてみれば、その通りだと思った。

英治の会社の後輩達は、〝あの家〟にやって来るたび、夫好みに化粧して料理でもてなす私の姿を見て「女性らしい」とか「献身的」とか、「従順」という言葉で褒め称《たた》えた。それも私本人ではなく、英治を。

心の中では、「彼らは英治に気に入られるために妻を褒めて、煽《おだ》てている」と知っていた。

その証拠に彼らは、私のいないところで英治に社内不倫を唆《そそのか》していた。相手は彼の直属の部下で、女性のほうも満更《まんざら》ではなかったらしい。一度だけ直々に彼女から連絡があり、英治の会社近くの喫茶店で会ったことがある。

「旦那さんと別れて下さい。私、本気なんです。会社の皆も私の味方です」とドラマのようなことを言われた時、私は自分の心の内側に怒りも哀しみもないことに気づき、仕方なく英治の母親にだけ真実を話し、幾らかの手切金を工面してもらった。

英治は少しもそれに気づかず、その後も妻が褒められるたび、自分の持ち物が褒められたように喜んでいた。以来、私は何かを失ったような気持ちになりながら、それらの言葉を甘受したふりをしていた。本当は、どれだけ褒められても、何ひとつ嬉しくなかったけれど。

天堂さんは微笑みながら伸びをすると、「さぁ、今日も一日、よく頑張りました。三人で夕飯を食べましょう。今夜は出来合いのお惣菜を幾つか買ってきました。近所の中華屋さんで買った焼売《しゅうまい》もあって、絶品だよ」と言って、部屋から去っていく。

その後ろ姿を見ながら、「でも、今の天堂さんの言葉はそういうのとは違ったな」と思った。

アメージングという褒め方は斬新だが、彼は心から私を賞賛し、惜しみない拍手をくれた。自分でも今の私を少しだけ褒めてみたくて、鏡を見る。すると、次の瞬間、室内にグーという音が響いた。私の、腹の音だった。

この家に来てからというもの、歩けなくなったり、すぐに腹を鳴らしたりしてしまう身体のことが憎くて堪《たま》らない。あの家にいた時は、コントロールすることが出来ていたのに。

慌てて那津さんを見ると、彼は「身体って賢いよな」と言って、可笑しそうに微笑んだ。

食卓で夕食をとりながら、天堂さんは私に言った。

「白石さんに相談なんだけどね、しばらくお店や僕らのことは気にせず、ゆっくり休んでみるっていうのはどうかな?」

今朝、夢でうなされる私の声を聞いた時から決めていたのか。それとも今日の私の有様を、那津さんから報告されていたのだろうか。いずれにせよ、突然の提案に戸惑う。

思考が停止する私を横目に、那津さんは焼売を口に放り込んで言った。

「提案したのは俺じゃねぇよ。髭のおっさんの独断」

隣に座る天堂さんは、茄子の煮浸しを食べながら「そう」と言って頷く。

――私以外に、都合の良い働き手が見つかってしまったのではないか。

最悪なパターンが脳裏をよぎり、弱い自分を呪った。しかし、意外な言葉が返ってきた。

「安心して。大丈夫ですよ。っていうか本来、僕らが大丈夫にしないといけなかったんだ。今回、白石さんがウチの店に入ってくれたのが良い機会です」

そう言うと彼は、美味しそうに白米を頬張る。焼売と茄子の煮浸し、そして那津さんが急いで作ってくれたポテトサラダに豚汁と夕食のラインナップは最高だったが、私は先ほどまでの食欲が嘘のように失せてしまい、天堂さんの次の言葉を待った。

「Maison de Paradise って、どういう意味か知っていますか？」

「いえ」

「知らなくて当然ですよ。直訳すると『天国の建物』という意味合いですが、フランス語と英語が混ざっているし、僕が作った造語ですから」

「……良い言葉だと思います」

「人間は生きていると大変なことばかりですが、この店にいるあいだだけは、せめて楽園で過ごしているような気持ちでいてほしい。そんな気持ちで付けました。だから、このお店はお酒が飲めなくても気軽に来ていただいて構わないし、飲み会の席が不得意な人が一人でも立ち寄れるように心がけているんだ。それがウチの店のコンセプトです」

その瞬間、躊躇なく会話に那津さんが割り込んできた。

「あのさ、ダラダラした長い話はいいから。早く本題に入ってやれ」

天堂さんは「ここから本題に入るんだよ」と拗《す》ねたように言うと、茶碗と箸、使った皿をキッチンのシンクに運び食事を終える。そのままテーブルの奥のランプが置かれたソファースペースに進むと、コーナーラックで足を止めた。

たくさんの洋書が置かれたその中に、トランプほどの大きさのカードの束と、ベルベット地の青い布、手のひらほどの水晶と音叉《おんさ》がセットで飾られている。

彼はそれらを手に取ってローテーブルに向かうと、布を広げた机の上でカードをシャッフルし始めた。想定外の出来事に驚くが、なぜかその姿に見入ってしまう。

カードをひとつの山にまとめると水晶を手にして、音叉をあててキーンと鳴らす。その神聖な音は、まるで辺り一帯を清めているかのようだった。

「さて、白石さんにとって、今の一番の悩みって何だろう」

思わず私は食卓から立ち上がり、天堂さんのもとに向かう。

「これって占いですよね？　一番の悩みは仕事です。いや、離婚出来るかどうかでしょうか。いや、家を飛び出して無一文になったこと。経済的な不安。総じて、人生全般でしょうか」

「ＯＫ。タロットの場合、悩みが具体的なほうが方向を示しやすいんだけど、まずはカードに聞いてみようか」

彼は微笑みながら、カードの山を整える。それから右手で一気にその山を崩しつつ扇状に広げて、私の瞳を見つめた。

「この中から、直感でピンとくるカードを選んで」

おそるおそる手前から一枚抜き取ると、剣で戦う戦士のイラストと共に英字で「ナイト・オブ・ソード」と書かれている。逆さまで不穏だった。天堂さんはそれを私から受け取ると、じっくりと眺めて「うん、うん。なるほど」と一人で頷いている。

「ちょっと焦ってる状態かな。周囲に余計なお世話をしてくる人もいるみたい。でも、動揺するあまり先を急いではいけないよ。自分の思い通りに物事が進まなくて混乱しても、今は人生の速度を落としたほうが良いね。今後の目的をゆっくりと見つけるためにも」

彼は左手の親指をパチンパチンとスナップさせながら、斜め上空をぼんやりと見つめる。

まるでカメラアングルを切り替えているように見えて、スクリーンに広がる自分の運命を彼に覗かれている気分だった。

「アドバイスも引いておこうか。追加で一枚引いてくれるかい？」

言われた通りピンときたものを抜き出して渡すと、天堂さんはそのカードを見つめて笑う。なんだか得体の知れない生き物と会話をしているみたいだった。

「自分を純粋に好きだった時のことを思い出しなさい。あなたは魅力的な人なのに、ってカードが怒ってる。『シックス・オブ・カップス』。もっと自己肯定感が必要です、って。まあ、ピンとこなければ占いなんて信じなくて良いのよ。生年月日と生まれた時間、出生地を教えてくれれば、もっと占星術を使って細かく見られるんだけれど」

突然始まった〝ショー〟に私は呆然としたが、読みはあながち的外れにも思えない。占ってもらう前より少しだけ肩が軽くなったような、なんとなく迷いの森から抜け出すヒントをもらえた気分になった。

「さぁ、おしまい。今のは、普段、僕が行っている鑑定のいわばパイロット版です」

そう言うと彼は、テキパキと布やカードを元の場所に戻してしまう。食卓に戻ると「そんなわけで僕はタロットと占星術、那津はメイクレッスンを武器に、この店を回せるの。那津は元々プロだけど、僕なんかはただの趣味だったんだけどねぇ。どういうわけか、お客さんにウケちゃって、不定期で占いとメイクレッスンをやっていたんです」と言って、いたずらっぽく微笑む。あまりにも意外な「Maison de Paradise」の裏の顔に、私は彼の言っていることがすぐには理解出来なかった。

「さっきから占いだとか、メイクだとか、新しい情報が沢山あってまだ混乱しているのですが……。そもそもこのお店は飲食店として繁盛《はんじょう》しているし、それだけで充分じゃないですか」

食卓の椅子に戻りながら私は、つい率直な疑問を口にしてしまう。しかし、天堂さんは言った。

「この資本主義経済の中で、わざわざ人に手料理を作ったり、星読みをしたり、カードを捲《めく》ったり、メイクをしたり、そういう手間のかかる場所があっても良いと思うんだ。お客様の抱える孤独が一ミリでも解消されるような、そんな居場所を僕らは作りたいんだよ。派手に儲からなくても良いんだ。お金なら幸い、本業で充分に稼げているからね」

「ドヤ顔すんな」とキッチンのシンクで食器を洗う那津さんから野次が飛ぶが、彼は動じない。

「とにかく、これを機にレストラン業はしばらくお休みにして那津のメイクレッスン枠を増やしたり、週末は僕の占いのボリュームを増やしたりして店を回します。元々やっていたことだけれど、近頃は飲食店経営のほうばかりに集中してしまっていました。お世話になっていた料理人が抜けてしまったので」

この店での輝かしいキャリアを思い描いていた私は、途方に暮れる。

天堂さんから見て私は、まだ店を任せられないということなのだろう。正直、自分でも今の状況では彼らの役に立てることが何もないと思う。

彼は、そんな私の気持ちを察したように言う。

「レストランの営業を休む代わりに、バイト代を払うから僕らの仕事を手伝ってくれないかな？　もちろん無理は禁物だよ」

穏やかな口調で私を諭す天堂さんを前に、返答に迷う。振り絞るように「でも、私には料理しか取り柄がありません」と訴えたが、彼は毅然とした口調で言った。

「日常生活をもっと豊かに過ごせたら、料理に必ず良い影響があると思うよ。これは最短ルートで白石さんが自分を取り戻すための提案です。もちろん、選択権は君にあるけどね」

その後、いつの間にか全ての食器を洗ってくれていた那津さんが、パタパタと走って私達のもとにやってきた。

天堂さんは「洗ってくれてありがとう」と言うと、愛おしそうに恋人の額にキスをする。

すでに、私の脳内はパンク寸前だった。しかし、かろうじて深呼吸をして今までの人生を振り返る。すると、もう長いあいだ日常生活を豊かに感じたことなど無かったことに気がついた。

豊かさよりも日々、英治に傷つけられないように出来るだけぼんやり生きることで自分の身を守ることに必死だったのだ。

目の前で食後のワインを飲む天堂さんと那津さんを見ながら、私もこの二人のように人生を謳歌《おうか》してみたい、人として強くなりたい、変わりたいと強く思い始めた。

翌日から、本当の意味で新生活が始まった。

この店ではＳＮＳで告知をしたり、チラシをポスティングしたりと、大々的な宣伝をせずとも全く問題がなかった。ただ天堂さんが宣言後すぐに、店頭に「那津、来週よりメイクレッスン再開致し〼　希望者は電話予約にて」と簡素なチラシを貼っただけで、翌日から予約が殺到したのだ。

私は那津さんのアシスタントとして申し込みを受け付けたり、レッスンに必要なアイテムを駅前の薬局に買い出しに行ったりして、朝は早く起き、夜も早く眠る生活を送るようになった。

最初は緊張の面持ちで電話番をしていたが、次第にアルバイトの私よりお客さんのほうがよほど切迫《せっぱく》した状況にあることに気付いてからは、わずかに気持ちが楽になった。

「失恋した男性を見返したい」とか、「婚活パーティーに行くので助けてほしい」とか、申し込みの理由は実に様々だった。

レッスンは貸切制で、お客さんの悩みに沿ったテーマで進行していく。費用は一回五千円。二時間みっちりと技術が伝授《でんじゅ》されるだけでなく、半永久的に使えるテクニックが惜しみなく与えられることを思えば、かなり安い金額設定だと思った。

あっという間に一ヶ月先まで予約が埋まってしまったことに驚愕《きょうがく》したが、那津さん本人は実に落ち着いている。

「時々、ほんとに困ってる人から緊急で連絡来るから、スケジュールには余裕をもって」

それだけが唯一の彼の要望で、それ以外のことでとやかく言われることは殆ど無かった。

実際にある夜、「明後日、三十年連れ添った夫と離婚するの。最後に綺麗な私を見せたいから、助けてくれる？」と常連と思しき女性から鬼気《きき》迫る電話がきて戦慄したこともある。躊躇いながら寝室で眠る那津さんを起こし、どうするべきか確認したところ「もちろん引き受ける」と一言だけ発して再び寝息を立てたので、どうにか翌日の枠にねじ込んだ。

週末の、天堂さんの占いも好評だった。

こちらもメイクレッスンと同時に店頭で再開を告知すると、すぐに予約が入り始めた。ただし、こちらの枠は彼の仕事の休みに合わせて土日祝日に限られている。「じっくり一人と向き合いたい」という方針で多くの予約は取らず、基本的に一日二枠、多い時でも三枠というところだった。彼の占いは、少し特殊だった。鑑定料としての決まった金額は受け取らない。「お気持ち代」をお客さんからいただくだけで、その額はいくらでも良い。

その分、鑑定後にお客さんが喉が渇いたり空腹を感じたりしたら、ドリンクや軽食などを注文することが推奨され、天堂さんが厨房でさっと作って提供する。

多くのお客さんは彼とアフタートークをしたがるので、基本的にはその流れとなり、この時に正規の飲食代が支払われるために、かろうじてビジネスとして成立していた。

「まるで、迷える子羊たちの教祖みたい」

来店したお客さんを二階に案内してお茶を出したり、クッキーを出したりするたびに、私はそう思った。

客層は八割が三十代女性で、私から見れば皆、いかにも仕事や恋愛で充実していそうな人ばかりだった。靴や鞄、洋服もセンスが良く、髪にもツヤがあり、羨ましいとさえ思った。しかし、そんな人でも何かしら人に言えない悩みがあるのだ。

ある日、会計を行うため私が二階に上がると、微笑みの中にどこか凄みを感じさせる天堂さんと、泣き腫《は》らした三十代前半と思しき女性が無言で向かい合っていたこともある。

「……でも私、どうしても彼と別れたくないんです」

か細い声で天堂さんに許しを乞うような、切実に訴えかけるような、そんな様子だった。

しかし、天堂さんは全く引きずられない。それどころか、慰めたり優しい言葉をかけたりすることさえ、なかった。

そんな時、私は不思議に思った。彼は一体どのようなアドバイスをしているのかと、心底気になった。

お客さんの相談内容を私から尋ねることはないが、電話予約の際、自ら「夫の親友と不倫してて」とか「夫以外に八人の男性と付き合ってるけど、全員、身体の相性が合わなくて」とか、ヘビーなことを打ち明けてくる人もいた。

そのたびに私は平静を装い「ご相談内容は、天堂に直接お伝えいただければ結構ですよ」と言葉を返したが、内心では震えていた。

ある時、どうしても気になって尋ねた。

「天堂さん。倫理観的に色々と厳しい問題って、どうやってアドバイスをしているんですか？」

ややや遠回しな聞き方をすると、彼はきょとんとした表情で言った。

「たとえば？」

「……たとえば先日、電話で予約をいただいた際に、『夫の他に八人の男性と付き合っているけど身体の相性が合わない』という女性がいらっしゃいました」

「あはは。お盛んで結構なことじゃない」

「え？　驚きませんか？　同時に八人ですよ？」

意外な返答に、私は驚いてしまった。もっと真面目なトーンで返ってくると思ったのだ。

「その方は、常連の麻子《あさこ》さんだね。本人が隠していないようだから言うけれど、裕福な男性と結婚して経済的には幸せだけれど、旦那さんの身体に障害があって肉体的な触れ合いはもう何年もない方です。新しい彼が出来るたびに、僕の占いに来てくれる。クレバーで、とてもチャーミングな方だよ」

なんでもないとでもいうように彼が言うので、自分の中の倫理観が音を立てて崩れていく。

黙り込んでいると、彼は言った。

「僕は占いが出来るおじさんであって、お悩み解決屋さんじゃないからね。パートナーシップや不倫の問題については、自分の感情でアドバイスしたことはないよ」

「と、言いますと？」

「占いで、ちゃんと吉凶を出すことに徹する。良い結果が出ればそれを言うし、良くない結果が出たら、ハッキリそれを言う。ただそれだけだね」

「……でも、それでは納得しない人もいるんじゃないでしょうか？　恋愛の熱に浮かされていると、心ではダメだって分かっていても自分を正当化してしまう女性もいるでしょう」

　私はいつか「旦那さんと別れて下さい。私、本気なんです」と言ってきた英治の不倫相手の女性の顔を思い出していた。天堂さんは「なんだか熱が入ってるね」と微笑むが、次の瞬間、毅然とした表情に切り替えて言った。

「麻子さんのように割り切って遊ぶ女性にはカードも寛容《かんよう》だけれど、自分のことを正当化して、人に迷惑をかけてまで茨の道に進む人の場合、厳しいカードが出てくることが多いね」

「仰っていることが、よく分かりません。麻子さんという女性も他の女性も、道ならぬ恋をしている時点で、状況は全く一緒じゃありませんか」

「うーん。そうかな。麻子さんの場合、付き合う男性を束縛することは一切ないし、後腐れないように若い男の子のパトロンになってあげたりして、徹底しているよ。しかも、付き合いが長くなって情が移らないように、二年スパンでちゃんと別れてあげて、相手を放流している」

「……はぁ。放流ですか」

「禍根《かこん》を残さないように金銭面でボーイフレンドを支えているから、別れた後も彼らは麻子さんを悪く言わない。やり方が上手いよね。その辺りのことをきちんとしないで、自分の欲望の赴くまま泥沼にハマっていく人もいるけれど、そういう人がその時に欲するような甘い言葉は、僕にはかけてあげることが出来ないかな。かける必要もないし」

「意外です。天堂さんのことだから、どんな女性にも必ず優しい言葉をかけているのかと思っていました」

ははは、そんなに偽善者に見える？　と笑うと、彼はキッパリと言った。

「どうしたらその人が茨の道から脱却出来るのか、カードを読み解いたり、ホロスコープを見たりしてアドバイスをして差し上げるのが僕の役目。一手先じゃなくて、二十手先に『こんな未来もあり得ます』って助言をして、その時は分かってもらえなくても数年後に真意が伝われば、それで良いと思っている。もう二度と鑑定に来ない人もいるけど、それもまた運命だから」

いたずらっぽく微笑む姿を見ながら、その時、彼に救いを求める女性達の気持ちが少しだけ分かった気がした。

天堂さんは一見すると穏やかだが、実は厳しい。そして偽りを嫌う。もしも自分が何かに悩んでいたら、自ら泥沼にはまってしまう前に救い出して欲しい、と願うのかもしれない。


一ヶ月が過ぎたある朝、私は天堂さんと食卓で朝食を食べながら、おそるおそるひとつの提案をした。

「そろそろ、この店の料理を勉強し始めたいんです」

厚手のガウンに黒縁の眼鏡という出で立ちの彼は、きょとんとした表情でコーヒーを啜っている。

「まだ早いんじゃない？　体調と相談したほうが……」

負けじと私が「でも早く料理したいので」と訴えると、気迫に押されたような表情になる。そして「練習くらいなら良いかもね」と呟くと、寝室から一冊のノートを手に戻ってきた。

【Maison de Paradise レシピ集（秘）】

そう書かれた分厚いノートには、ところどころ表面に小さなシミが付着している。

「このレシピ集ね、年季が入っていてご覧の有様なの。お店にとって何よりも大切なものなので、失くさないでね。でも勿論、白石さんも遠慮なくこのノートにメモを追記して下さい」

彼は、そっと私にノートを渡す。緊張しながら一枚捲ると、「ローズマリーポークソテー」と書かれ、ページの上段に焼き色のついた肉のイラストが描かれていた。

調理の工程だけではなく「オーダーが入ったら速やかに肉を冷蔵庫から出して、常温に戻すことを忘れない」など細かな注意点まで書かれており、私は過去の料理人に感謝のあまりひれ伏したくなる。食い入るようにページを捲っていると、天堂さんが口を開いた。

「本当に大丈夫かい？　無理しないで良いんだよ」

「いえ。住まわせてもらっている以上、多少は無理するべきなんです。今の私に出来ることは、ひたすら腕を磨くことだけですから」

焦る気持ちを抑えて強がりを言う。しかし、私の気持ちを見抜くように彼は言った。

「初日に、あれだけのパフォーマンスをしてくれたんだもの。期待しています。でも、また体調を崩してしまってはいけないし、ここは思う存分ゆっくりとしたペースで進もうよ」

天堂さんはそう言ってコーヒーを飲み干すと、発芽玄米のようにピョコンとついた寝癖を丁寧にヘアセットして、今日も颯爽と出社していく。

徐々に見慣れつつあるその姿を見送りながら、私も今日は行きたかった場所に足を運ぶことにした。常連さんに教えてもらった、野菜即売所である。

この家から徒歩十分ほどの場所に、この街の農家が生産する野菜を販売している即売所があると聞いたのは、数日前のメイクレッスンの時だった。

ここ一ヶ月で私は随分とこの街に土地勘が出来たが、それでも基本的に駅前の薬局やスーパーとの往復で一日が終わっていた。

英治と住んでいた家からこの地域は数駅ほど離れているとはいえ、用もないのに出歩き、万が一にでも彼や彼の両親に遭遇《そうぐう》したら怖いという思いもあり用心していたのだ。しかし、幸いなことに、ここ暫《しばら》くは英治の母親からのＬＩＮＥ攻撃も減っていた。

それがある意味では不穏だったが、この店の常連や近隣のお店の店員さんなど少しずつ顔見知りもできて、私はここで暮らす人々に愛着が湧き始めていた。

――この街で作られた旬の野菜を使い、料理を作ってみたい。

そんな思いに駆られ、手に入れたばかりのバイト代を握りしめて外に出る。

交差点を渡り、交通量の多い道を抜けると、「Ｘ市野菜即売所」と書かれた看板が立っていた。

想像していたより何倍も簡素な作りで、トタン屋根の下に建物を支える華奢な柱が並び、床はコンクリート打ちっぱなしだった。

ベニヤのような薄い壁に嵌《は》められた窓から外の光が入るため全体的に明るい印象で、私は独身時代に旅行で行ったベトナム・ダナンのハン市場を思い出す。

五十メートルほどの奥行きがある室内には、一メートル間隔で畳二枚ほどの屋台が複数設けられ、出店者はそれぞれニンジンやブロッコリー、キャベツやレタスなどを卓に並べて接客している。各出店の上には、「X市・野菜生産・直売第三班（有）アオキコーポレーション」とか、「Y市・野菜直売（有）森田屋」とか書かれたプラスティックのプラカードが垂れ下がり、なかには野菜に交ざって乾物《かんぶつ》を置く出店もあった。

何を買うか全く考えずに足を踏み入れたが、新鮮な野菜が並ぶ光景は見ているだけで胸がときめく。土っぽい香りを感じながら、薄紫色のラディッシュや濃いオレンジ色のニンジンを眺めていると、どんな料理が作れるだろうかとワクワクした。

行ったり来たりを繰り返しながら料理のことを考えていると、しばらくして「お嬢ちゃん。今日は、ほうれん草を買いなさい」という声がどこからか聞こえてきた。

声の主を探して振り向くと、左斜め後ろで紺色のジャージにピンクのエプロンをつけた中年の女性が店番をしている。頭のてっぺんに大きなお団子が結われている姿は、どこか玉ねぎを連想させた。

突然に話しかけられて動揺したが、思い切って「おすすめですか？」と問い返すと、女性は

「そうだよ。最近、寒かったでしょう？　だから、糖度が上がってすっかり甘くなってる。旨味があって肉厚だから、炒め物にしても相性が良いかもね」と言って微笑んだ。

その時、ピンときた。作りたいものが決まったのだ。

念のため現物を見せてもらうと、葉先まで瑞々《みずみず》しく色鮮やかでボリュームもある。根元はしっかりとピンクに染まり、たしかに糖度の高い証拠だった。

「三束、下さい」

迷わず言うと、「見慣れない顔だから、今日は初回のオマケ」と言って、女性は一束追加して袋に入れてくれる。価格は三百二十円。かなり安いと思った。

その後、即売所を出て追加でいくつか食材をスーパーで買い込むと、私は足早に帰った。


店に戻ると、那津さんは不在だった。手洗いを終えると厨房に向かい、購入した食材を調理台に並べる。ほうれん草にニンニク、オリーブオイルにライ麦パン、鶏モモ肉に粒マスタード。調味料のマヨネーズや塩、炒り胡麻はすでに大量のストックがあった。

久しぶりに食材と向き合うことに緊張しつつ、ほうれん草を水洗いする。その後、まな板の上で微塵《みじん》切りにすると、鍋にたっぷりの湯を沸騰させて少量の塩と共に中火で茹でた。

今度はニンニクを一欠片《かけら》、薄切りにしておく。切り終えた頃、ほうれん草が茹で上がったので、ザルにあげて冷水に晒した。

次はフライパンにオリーブオイルとニンニクの薄切りを入れて、弱火で加熱する。焦らされても焦らされても、決して強火にしない。辛抱強く弱火のまま香りと旨味を引き出す。きつね色になったことを合図に火を止めると、表面はカリッとするが、中身がしっとりとしたガーリックチップが完成する。

このチップを、マヨネーズと炒り胡麻で味付けしたほうれん草と和える。このまま食べても美味しいが、ここでは我慢する。

ライ麦パンをトースターで焼き、表面に先ほどのガーリックオイルを染み込ませて、そこに味付けしたほうれん草を載せると、ようやくスピナッチトーストの完成である。

「いただきます」

そう呟いてかぶりつくと、ほうれん草の優しい旨味とライ麦パンのほのかな甘味が口の中にふんわりと広がり、心から幸福を感じる。

洒落たレシピではないかもしれない。しかし、今の私にとっては心に潤いを与えてくれることだけが重要で、ほかのことはどうでも良い。この感覚を忘れたくないと思った。

一息つくと、ボリューム重視の進化版を作ることにした。

鶏肉の両面に塩を振り、余計な水分を出すため数分ほど放置する。その後、キッチンペーパーで水気を拭き取り、皮を下にして十分ほど焼き、火が通ったら裏返して五分焼く。

ガーリックオイルを塗ったパンに、先ほど味付けしたほうれん草、鶏肉を載せて、粒マスタードを塗り込んだもう一枚のパンでサンドして食べやすいよう包丁で切れば、チキンスピナッチサンドの完成だ。

肉汁が滴る、ぷりっとシズル感たっぷりの断面に惚れ惚れする。ほうれん草の緑と鶏肉のスモークピンクが、実に美しい。その時、ふと一ヶ月前に天堂さんに言われた言葉を思い出した。

——日常生活をもっと豊かに過ごせたら、料理に必ず良い影響があると思うよ。

彼の言う通りだと思った。私は少しずつではあるが、自分の心の声が聞けるようになっているのかもしれない。

その夜、天堂さんと那津さんにもチキンスピナッチサンドを食べてもらうことにした。

夕刻、同じ時間帯に帰ってきた彼らに「新メニューを考えてみました」と伝え、食卓の上で完成品を見せると、二人は歓声を上げた。那津さんは興奮気味に「ちょうど腹減ってたわ」と言い、私の許可もそこそこに皿の上からすぐさま手に取り、豪快に頬張る。

天堂さんは空腹で虫の居所が悪いのか、「いただきますは言ったの？」と那津さんを咎めながら、負けじと豪快に口を開いてかぶりついた。

「焦らずに召し上がって下さい」

微笑ましい気持ちになりながら、感想を待つと「めちゃ旨い」と最初に言ったのは那津さんで、天堂さんも「これならお客さんに受け入れてもらえそうだね」と笑顔で感想を続ける。

天にも昇る心地がした。習得しなければならない店のレシピはまだ山ほどあるが、自分のメニューが採用してもらえそうなことに心から喜びを感じる。

しかし、浮かれた気持ちになったのは、束の間だった。

その時、ポケットに入れていたスマホが鳴った。画面を見ると相手は福岡に住む母からで、私は彼らに目配せをすると急いで電話に出た。

「もしもし。お母さん？」

「葉？　ちょっとあんた、英治君のお母様から怒って連絡が来たわよ。おたくのお嬢さんが、ヒステリーを起こして家出しましたって。一ヶ月も帰ってないってどういうこと？」

「心配かけてごめん。色々あって、しばらく別居することにした」

電話口の向こうで、大きな溜息が聞こえる。母は私が結婚した時、英治が大手の生命保険会社に勤めていることを理由に「これで葉は、一生安泰《あんたい》ね」と一番に喜んでくれていた。だからこそ、落胆する気持ちは分からないでもない。

しかし、今まで彼がいかに私を精神的に追い詰めてきたかということについては、彼女は知らない。以前、弱音を吐いた際に「でも、生活費は入れてくれてるんでしょ？　感謝しなさい」と言われて以来、もう頼ることもなくなっていた。

「何があったか聞かないけど、仲直りは女のほうから歩みよらんといけんよ。男っていうのはプライドが高いけん。あんたも主婦として頑張ってると思うけど、夫婦っていうのは協力しあわないと」

彼女は、英治の機嫌を窺っている。そう思った。今までの私ならば「その通りね」と言っていたと思う。反論するエネルギーさえ残っていなかったからだ。しかし、もう、自分を偽ることはやめにしたかった。

「お母さん、あのね、私、もうあの家には戻らない。料理人として働くことにしたから」

なぜ自分が、こんなにも力強く宣言しているのか分からなかった。言ったそばから不安な気持ちに駆られ、那津さんを見る。すると彼は、チキンスピナッチサンドを頬張りながら、片手の親指を立ててグッドポーズをしてくれた。その時、ふいに涙が出た。

心の中にじんわりと温かいものが広がり、もしかしたら、今夜の自分は孤独ではないかもしれないと思えた。

「急にどうしたの？　葉、今どこにいるの？　私はね、あんたを思って言ってるのよ。まずは、うちに帰ってきて休みなさい。それから英治君と話し合っても遅くないでしょう」

「私、自分の人生を生きてみたい。英治のオマケとして生きるんじゃなくて、ひとりの人間として生きてみたい」

一瞬、電話口に沈黙が流れる。母は「突然、何を言ってるのよ。まさか離婚するつもり？　その歳で独りになってどうするの？　今さらどこも雇ってくれないわよ？」と捲《まく》し立ててきたが無言を貫く。

その後、今後は英治の家族から連絡がきても、私のことは黙っていて欲しいと念を押してから電話を切った。

頬の涙を拭い、「すみません」と彼らに詫びる。天堂さんは、「とんでもない。お母様に報告しておくのは大事です」と言うと、慈悲深い表情で私に微笑む。

「僕が直接、電話に出てご挨拶するべきかと思ったけれど、さすがにお母様からすれば『アンタ、誰？』状態だもんね。何はともあれ白石さん、自分で身の振り方を決めましたね」

「そんなに立派なものではありません。これからは、私自身の行動で証明していかないと」

三十四歳にして初めて親に強い口調で反論したというのに、私は驚くほど冷静だった。

「でも、大丈夫なのかよ。心のほうは」

珍しく那津さんが優しいトーンで心配してくれたので、思わず吹き出してしまう。

「……笑ってすみません。ご心配ありがとうございます。でも、これからは自分の道は自分で決めます」

彼は心外だとでも言うように頰を赤く染め、「薄々気づいてたけど、最近の葉、調子乗ってるよな。こっちは心配してやってんのに！」と言って口を尖らせる。

天堂さんが「まぁまぁ」と言って私達をなだめに入る。この歪《いびつ》な三人のコンビネーションは近頃、意外と悪くはない――気がする。その後、天堂さんが「飲もうか」と、微笑んだ。

「いいですね。飲みましょう」

嬉々として私は賛同する。彼は一階の厨房に向かうと、ワインセラーから一本のボトルを取り出して戻ってきた。

「この赤ワインはね、『カルムネール・レセルバ　ペドリスカル・シングル・ヴィンヤード』っていうんだ。まるで呪文のように聞こえるかもしれないけれど、このチリのワインは最高の立地で作られているんだよ。生産地のエルキ・ヴァレーは、年間三百日以上、晴天に恵まれているんだって。濃厚で上品なヴァニラの風味で、肉料理とも合うと僕は思……」

遮るようにして私が「ワイングラス、用意しますね」と言うと、那津さんが「今の切り込み方は、やるじゃん」と挑発的に笑った。食卓に座り、小さな宴が始まる。

「今夜は店に新メニューが誕生した記念日だね。そして、白石さんがちょっぴり生まれ変わった日でもある」

天堂さんはそう言うと、豪快にチキンスピナッチサンドを頬張ってモゴモゴする。髭面の頬にごはんを詰め込むその姿は、誰かに似ていた。

誰に似ているのか記憶を掘り起こし、吹き出しそうになる。その顔は、あの家に住むハムスターの天ちゃんに似ていたのだ。天ちゃんは元気だろうか。あの頃の私の、唯一の友達。

食い意地の張った彼らを見ながら、少しだけ気分が明るくなる。それから一歩ずつではあるが、自分らしく前に進んでいきたいと思った。

第三話

小さな一歩

この街に来て、あっという間に二ヶ月半が過ぎた。

その間に季節は冬を迎え、夜の商店街ではクリスマスのイルミネーションが輝いている。花屋や雑貨屋の軒先にはクリスマスのオーナメントが飾られ、居酒屋ひしめく一帯からはおでんの香りが漂う。そのアンバランスさを、真っ直ぐに伸びるアーケードが包み込んでいた。

もう二十時だというのに、人通りは多い。どこからともなく流れる『ジングルベル』のBGMを聴きながら私は今、人々からの好奇の目に晒されていた。

天堂《てんどう》さんに那津《なつ》さん、そして私。三人で共に近所をジョギングしているのだが、彼らは身長が百八十センチ以上あって大柄のため、街中で随分と目立つのだ。加えて、それぞれ異なる華やかさとオーラを発し、通行人の女性が皆、彼らの姿に釘付けになっている。当の本人達は意に介さず、那津さんは「ダリィな～♪　ダリィな～♪　走るのはダリィな～♪」と自作の鼻歌を口ずさみながらヘアバンドを頭に巻きつけ足早に進もうとしているが、それが却《かえ》って美しい顔を際立たせている。天堂さんに至ってはありふれた黒いウィンドブレーカーを上下着用しているにもかかわらず、すらりと伸びた長い手足が人目を引いていた。

彼らに挟まれる形で走る私の身長は百五十六センチしかなく、私達が前進するたび、どこか一昔前の「ブルゾンちえみ with B」よろしくといった構図になる。

　途中、シベリアン・ハスキーを連れて散歩をするMaison de Paradise《メゾン ド パラダイス》の常連、麻子《あさこ》さんとすれ違った。彼女の愛犬・ラッキーに抱きつき、わしゃわしゃと撫《な》でまくる那津さんのことを、天堂さんが「いくら仲良しだからって、はしたないよ」と言って制する。様子を見ていた麻子さんが、たっぷりとした微笑みを湛《たた》え言った。

「こんばんは。今夜の葉《よう》さんは、まるで二人の騎士に守られている中世のお姫様みたいね」

「残念ながらお姫様なんかじゃありません。那津さん曰く、私はいつ奉公に出しても良い、口減らし要員だそうです」

　これくらいのジョークならば、かろうじてかわせる社交性は、幸いこの二ヶ月半で身につけた。自虐を込めて言い返すと、那津さんはラッキーを愛でる手を止める。それから「最近は使えない奴なりに、色々と頑張ってんじゃん」と言って、珍しく褒めてくれた。

　麻子さんは片手に犬用のリードを持ち、もう一方の手を口元にあてて笑う。溢れんばかりに施されたゴージャスなビジューネイルが爪先で光り輝き、とてもよく似合っていた。

　――夫がいる身でありながら、八人の男性と肉体関係を持っている。

　麻子さんからそう打ち明けられたあの日は、自分とは異なる貞操《ていそう》観念を持つ彼女とこうして和やかに会話ができるようになるとは思わなかった。しかし、たびたび天堂さんの占いで店を訪れる彼女にお茶を出したり、雑談をしたりしているうちに天真爛漫な人柄に親しみを覚え、今では「葉さん」と下の名で呼ばれても違和感を覚えない。

むしろ「恋人は全員、同じくらい好き」ときっぱり宣言し、欲望に忠実であり続ける彼女に、今では密かな憧れを抱いている。

「九人目の彼のことで、近々また相談に行くわね。じゃあ」

ローズの香りを纏《まと》いながら優雅に去って行く麻子さんに、私達も手を振り返す。

再び走り始めると、ふとランニングを始めた日の出来事を思い出した。

あの日。布団から起き上がれなくなった、あの日。

私は身も心も鍛えるべく、体力作りに励むことを決意した。しかし、しばらくの間は占いやメイクレッスンのアシスタントとして働くことに必死で、運動に費やす時間が満足に取れなかった。

二週間ほど前のある晩、ようやく仕事のペースを掴み始めたので手始めに走ろうと思った。厚手のパーカーとズボンを天堂さんに借りて私が支度をしていると、意外なことに彼らも走りたいと言う。自分の都合に付き合わせてしまうことを申し訳なく思い断ろうとしたが、気がつけば彼らは準備を始めており、天堂さんにいたっては「いつか走ろうと思って買っておいたウィンドブレーカーがあるんだ。実は僕、学生時代は陸上部でね」と言ってワクワクしていた。

以来、週に三回は夕食後にランニングをすることが習慣となり、最近では彼らのほうから「今日は走らないの?」と提案されるほどなので、満更でもないのだろう。

五十分程度のコースを走り終えると、今夜も私達は店から徒歩三分ほどの場所に位置する銭湯「玉の湯」に、タオルや石鹸など入浴セットを持って駆け込む。少し前に那津さんから「これを使って真面目にエイジングケアしろ」と勧められ、半ば無理やり近くの薬局で購入させられたオールインワンセラムも忘れない。

　私は女湯へ、彼らは男湯へ。急いでシャワーを浴びて身体の汗を洗い流し、熱湯に浸ると、いつも通り恍惚《こうこつ》の境地がおとずれる。同じタイミングで男湯からも「はぁ」とか「ふぅ」とか、天堂さんや那津さんのものと思われるリラックスした声が聞こえてきたので、心が和んだ。

　目を瞑り、しばらくボーッとしていると、「お嬢ちゃん、こんばんは」と誰かの声がする。隣を向くと、頭のてっぺんに大きなお団子を結い、まるで玉ねぎをのせたような髪型をした女性の姿があった。X市野菜即売所の、野菜売りのおばさんである。

　近頃、即売所に行くたび声をかけてくれる彼女に私は心を開き、顔見知りと呼べるほどには挨拶をしたり世間話をしたりと、ささやかな交流をしている。

「あぁ、こんばんは」

「お嬢ちゃん。そろそろホースラディッシュの時期だから、いつでも買いにおいで」

　笑うと目尻に優しい皺が寄る彼女の顔立ちは、どこか田舎の祖母を連想させる。

「前から言おうと思っていたんですけど、私、もうお嬢ちゃんと言ってもらえるような歳ではありません」

　笑って言い返そうと思ったが、言葉に詰まる。こんな私でも、少し前まで縁もゆかりもなかったこの街で顔見知りと呼べる人が現れて、何気ない会話をすることができているという事実に、平伏したくなるほど感謝の気持ちが溢れたのだ。

それに英治《えいじ》と住んでいた頃は、こうして風呂に入っていても気持ちが休まることなど無かった。「なぁ。俺のシャツのアイロンまだ?」とか、「プロテイン切れてるんだけど」とか言って、構わず浴室の扉が開けられるので、気が気ではなかったのだ。酷い時には「葉ちゃんのウエストがくびれているか今から抜き打ちチェックしまーす」と言われ、脱衣所で全裸のまま立たされることもあった。

しかし、今では信じられないほど穏やかなバスタイムを過ごせている。

「ホースラディッシュ、いいですね。どんな料理に合いますか?」

そう返しながら、ふと胸が苦しくなる。理由は、なんとなく分かった。私に幸せを与えてくれる人が、増え続けているのだ。

いつか英治や義父母がやってきて、今の生活を滅茶苦茶《めちゃくちゃ》にするのではないか。この幸せは、一瞬の幻想ではないか。そんな不安が、脳裏をよぎる。

あらゆる恐怖心を打ち消すようにして、私は玉ねぎおばさんと近頃の天気についてぽつりぽつりと雑談を交わした。

翌日は、朝から慌ただしかった。午前中に那津さんのメイクレッスンが二件、立て続けに入っていたのだ。

二階リビングのテーブルに大きな鏡とライトを設置し、トレンドカラーを使ったメイクのコツやヘアアレンジを受講者の前で熱弁する彼の隣で、ひたすら私は黒子役に徹する。「スポンジ」とか「ブラシ」とか指示されるたび、オペ室で医師の隣に付く看護師のように、言われたアイテムをコスメボックスから取り出して素早く彼に渡す。我ながら動きに無駄がなく、アシスタント業にも慣れてきたように思う。

昼食は簡単に温かいうどんを作って済ませ、午後からは那津さんがダンスの練習に行くと言うので、私も近所のスタジオまで連れて行ってもらった。

大人しく見学するつもりだったが、部屋の隅に座っていると白いタンクトップを着た男性がこちらをじっと見つめていた。

ジェイと名乗るその人の頭髪は鮮やかなピンク色で、つぶらな瞳と長いまつ毛、赤縁の眼鏡が印象的だった。彼はしばらく自主練に励んだ後で、私の元に来て言った。

「ねぇ。せっかく見に来てるんだし、アナタも踊りなさいよ。私が簡単なステップを教えてあげるから」

そう言うと彼は、鏡の前で「パドブレ」と呼ばれる動きを教えてくれた。足を片足ずつ前後左右に小刻みに動かすシンプルな動きだが、私は長年の運動不足が祟り、教えてもらうたびに足がもつれて転んだりよろめいたりして、てんやわんやだった。

「パドブレの由来である『ブーレ』という言葉はね、フランスのオーヴェルニュ地方を起源とする民族舞踊からきていると言われているの。陽気なテンポに合わせて、ひとつひとつの動きを孤立させず、埋めるように進んでいく。ほら、人間関係と同じよ。一人で孤立して殻に閉じこもっていないで、周囲と協調しながら進んでいくイメージ。もっと流れるようにやってみて」

彼は笑ったり茶化したりせず、何度でも優雅な見本を見せてくれた。同じように踊れないことが苦しかったが、できないことを悔しがるという行為でさえ久しぶりで、心底楽しかった。

その後しばらくみっちりと踊った後、「アラン・スミシー」のメンバー全員の前で練習の成果を披露することになった。まだ満足に踊れない自分が恥ずかしくて仕方なかったが、意外にも彼らからは「才能あるわよ」と口々にお褒めの言葉を貰えたので嬉しかった。

メンバー同士で一杯だけ飲みに行くという那津さんと別れて、私は商店街の中にある携帯ショップに一人で向かう。

店内は空いており、すぐカウンターに通してもらえた。香水の匂いのきつい女性店員が目の前に座り、「本日はどのようなご用件でしょうか?」と、貼り付けたような笑顔を浮かべ声をかけてくる。

「解約したいんです」

前置きもせずにそう告げると、女性は引き止めることもなく「かしこまりました」と言い、手元のキーボードに視線を落とす。しかし、幾つか質問に答えるうちに、すぐに詰んだ。

「お客様はご契約者様ご本人でしょうか?」

そう聞かれて、何も言えなくなったのである。

「いえ、契約者は私の夫なんですけど、解約がしたくて……」

正直にそう告げると、女性はわざとらしいほど両眉を下げて言った。

「解約となりますと、ご契約者様ご本人の同席か同意書が必要です」

彼女の左手薬指には指輪が着けられている。この人もまた、誰かの妻なのだろう。

「とても言いにくいのですが、夫のモラハラが原因で別居をしています。この携帯の料金は夫に払ってもらっているので、解約しておきたいなと」

躊躇いながら事実を伝えると、ようやく何か察したのか、女性は気の毒そうに「なるほど……」と呟く。しかし、同情する素振りを見せてくれたのは、ほんの一瞬だった。

「申し訳ございません。ご契約者様が同席しないことには、解約はできません。たとえば、新規で携帯電話をご契約いただき、別の回線を利用して『二台持ち』をするのはいかがでしょう？　良いプランがありますよ」

違う。そういうことじゃない。

「夫に居場所が知られたり、急に連絡が来たりしたら嫌なんです。ですから……」

つい言い淀むと、彼女は困ったような表情を浮かべる。まるで「事情は知らないが、金を落とさない客には用はない」とでも言うように。

「何も準備せずに来てしまって、すみません。一旦、今日のところは帰ります」

私は椅子から立ち上がると、そそくさと携帯ショップを後にする。

そのまま帰る気分になれず、最寄りのおかのやに向かい幾つか夕飯の食材をカゴの中に入れたが、未だに自分が夫の経済的援助のもとで暮らしているという現実が頭の中でチラついて買い物に集中できない。

英治も連絡をよこさないのならば、いっそのこと解約してくれて構わないのに。そして、二度と私の前に姿を現さなければ良い。そんな考えが脳裏に浮かぶ。しかし、遅かれ早かれ、彼とは直接会って話をしなければならないのだろう。

——まだ解決しなくてはならない問題は、山積みなのだ。

憂鬱《ゆううつ》な気持ちで夕陽を浴びながら歩いていると、いつの間にかMaison de Paradiseに到着していた。いつも通り勝手口に向かおうとすると、軒先に白いコートを着た女性が立っている。横顔しか見えないが綺麗に巻かれた長い髪が印象的で、その横にはママチャリが止められていた。入り口の扉に貼られたメイクレッスンと占いの案内を、まじまじと眺めている。

新規の予約希望者かと思い「何かご用ですか?」と声をかけると、彼女は驚いたようにこちらを振り向く。この街であまり見かけない、かなり濃いメイクだった。私の顔を見るなり、女性は言った。

「あ、新しいバイトの人? アンタでいいや。ねぇ。天堂さん、いる?」

〈アンタでいいや?〉

見ず知らずの人に突然そう言われ、カチンとくる。

「今、出かけています。十八時くらいには、戻ってくるかと。あの、ご予約でしたら……」

女性は私の話の途中で「了解」とだけ言うと、こちらに感謝を述べるでもなくママチャリに跨《また》がり、さっさとどこかへ行ってしまった。よく見ると、その足元は自転車のペダルを踏むには心配になるほど高いヒールのブーツだった。一体、誰なのだろう。

気を取り直して二階に上がり、手洗いとうがいをしてからエプロンを身に付ける。冷蔵庫の脇に設置された米櫃《こめびつ》からカップ二杯ほど米をすくい取り、水で洗って土鍋の中で浸水させておく。次に、冷蔵庫から白だしの瓶を取り出して卵に下味を付け、おかのやで購入した立派な明太子を一腹ほぐしていく。それが終わったら、今度は卵焼き器を火にかけて卵を流し込む番だ。少し固まってきたところで明太子を中心に入れて包み、焼き上げた後で、土鍋で白米を炊く。

こうして料理を作っている間だけは未来への不安が消えて、目の前のことに集中できる。しばらく没頭した後で壁掛け時計に目をやると、あっという間に三十分が過ぎていた。

誰かが、階段を駆け上がる音がする。

「ただいま」

天堂さんの声だった。彼は濃紺のコートの上に品の良いマフラーを巻き、そこに半分、顔を埋めながら「今日も寒かったね。お夕飯は、なんだい？」と聞いてくる。

「焼きネギのお味噌汁、明太子入りのだし巻き卵、鶏肉とごぼうの甘辛煮、白米です」

メニューを伝えると、彼は「いいね！　最高のチョイス」と言って、ぱっと顔を輝かせた。この家に住むようになってから、「少しでも彼らの役に立ちたい」という思いで自ら手を挙げて夕食を作っているが、献立を伝えるたびに彼はとびきり喜んでくれるので英治と違って作り甲斐がある。

その後すぐ、「美味そうな匂い！　なぁ、急いで食おう。食ったら走ろう！」と浮き立った那津さんの声が室内に響いた。

「おかえり、那津。走るのに夢中なのは良いけれど、まずは白石《しらいし》さんが夕食を作ってくれたことに深く感謝して、ゆっくりと頂くべきだよ」

まるで父親のように、天堂さんが那津さんに注意する。彼らの様子を微笑ましく思いながら、私は食事の支度を急いだ。


「今夜はいつもと違う道を走りたい」という那津さんの提案で、普段は走らないルートを走ることになった。

店を出てすぐの住宅街を通り過ぎ、花金で活気づく駅前のオフィス街を通り抜けると、車の通りが激しい交差点にたどり着く。広い道路のため見晴らしは良く、ビルとビルの隙間から見える満月が美しかった。

道沿いには洒落たファッションブランドの店や高級チョコレート店、靴屋が立ち並び、街路樹に欅《けやき》の木が植えられている。その欅には無数のＬＥＤランプが巻きつけられ、白と青の光がキラキラと輝いていた。

向かいの道に渡ろうと、信号が青になるのを待つ。待っている間も足踏みを続けて、できるだけ心拍数を下げないように意識することも忘れない。青になり、勢い良く前に進もうとした瞬間、思わず悲鳴を上げてしまった。道の真ん中に突然に大きな人影が躍り出てきて、ぶつかりそうになったのである。

「邪魔」

舌打ちをしながらこちらを振り向き、悪態をつく男性の手元にカメラが構えられている。その向こう側にはウェディングドレス姿の女性とタキシード姿の男性が並び、これが冬の交差点を舞台にしたナイトウェディングフォトの撮影なのだと分かった。

見ず知らずの人に悪意を向けられショックを受けるが、男性は正面を向き直りカップルを撮り続ける。彼は、先ほどと同じ人間には思えないほどの猫撫で声で「バッチリです」とか、「グッド、グッド！　その調子です」と愛想の良い言葉を連呼していた。

私達の後ろに通行人が何人か詰まり、困惑している。さすがに注意するべきかと躊躇っていると、天堂さんがさっと私の前に出て男性に何か言った。すると、彼はこちらをひと睨みし、カップルを誘導して歩道に去っていく。彼らの向かった先にはスタッフと思しき男女が何人か集い、寒空のもとで撮影に臨んだカップルをベンチコートで温めて甲斐甲斐しく労《ねぎら》っていた。よく見れば、撮影に挑むのは一組ではない。同じようなドレスを纏い同じようなメイクで、五組ほど歩道周辺に待機している。

「なんか、量産的だな」

そんな考えが浮かぶ。

逃げるように道を渡り切った後で、「男性に何て言ったんですか？」と天堂さんに尋ねると、彼は涼しい顔で言った。

「大したことは言っていないよ。ただ、うちの大切な従業員に暴言を吐く人は許せないからね。『ここで撮影する以上、道路使用許可は申請していますよね？　ゲリラ撮影の場合、道路交通法第七十七条に抵触すると思いますが、おたくは大丈夫ですか？　念の為、会社名をお伺いできますか？』って聞いただけ」

淡々とそう言いながら、微笑みを浮かべている。突然のアクシデントにもこれだけ素早く対応できる脅威の反撃スキルに、畏敬の念すら抱いた。

天堂さんも那津さんも何事もなかったかのように再び走り出すが、私の心は落ち着かない。

こんな時も、英治の顔がチラつく自分に嫌気が差す。

彼は挙式の準備をする際、ウェディングプランナーや両親の前では愛妻家を演じていた。束の間、私はそれが「英治の本当の姿」に思えて、大切にされ、愛されていると実感しては酔いしれた。

しかし、二人きりになると彼は突然に不機嫌になり、「なぁ。やっぱり式、挙げるのやめない？　金が勿体無いよ」と言い出し、私が不安げな表情をするのを見て悦に入っていた。挙句、私が学生時代の友人を式に呼ぼうとしたところ、「葉ちゃんの友達ってことは、田舎者の連中ってことだよね？　俺が呼ぶ友達と釣り合わないなぁ」と言って、数少ない友人の参列を拒否されかけた。

さすがにその言葉は受け入れられず、懇願してどうにか招待することができたが、彼は式の当日も控え室で「葉ちゃんの友達、二次会で俺の友達に色仕掛けとかしてこないよね？　そういうのって恥ずかしいことだからね？」と真剣に心配していたことを私は忘れていない。

　結局、披露宴では英治の好きな曲ばかり流し、義母が風水で選んだ真っ赤なウェディングドレスを着せられて、私の希望など何ひとつ受け入れてもらえなかった。あの一件を思えば、自らの意思で「量産的」になれる彼女たちのほうが、よほど人生を切り拓いているように思える。

　――今考えれば、あの頃から夫選びを誤っていたかもしれない。

　苦々しい記憶を思い出しながら、今夜もブルゾンちえみ with B形態で帰路につく。こんなに目立つ三人で走っていたら、英治に見つかってしまうかもしれない。ふと、そんな不安が脳裏をよぎるが、どうにか気持ちを奮い立たせて玉の湯に行くためタオルと石鹸を取りに店に戻ると、軒先に人影があった。

「天堂さん！」

　こちらに目もくれず天堂さんのもとに駆け寄るシルエットは、今日の夕方、ママチャリで去った女性のそれと同じものだった。街灯で彼女の顔が照らされると、寒さで鼻の頭を赤く染めているのが分かる。私が「あ、先ほどの……」と言うより先に、天堂さんと那津さんは「お、日菜子《ひなこ》さん」と口々に言った。

日菜子と呼ばれたその女性は天堂さんに会えたことがよほど嬉しいようで、大胆に彼の腕に纏わりつく。無邪気な姿は少女のようだが、歳の頃は私と同じくらいか、それより少し上の世代だろう。

天堂さんは「こら、やめなさい。汗臭いですよ」と笑顔で対応しているが、横で那津さんが眉間に皺を寄せて嫌悪感をあらわにしている。

しかし、意外なことに文句は言わない。明らかに表情は引き攣《つ》っているが、静観している。那津さんでも間に入れないほど、この二人は親しい関係なのだろうか。

「寒い中、待ってたんだからぁ。お願い。ちょっとまた占ってよ。新しい悩みがあるの」

潤んだ瞳で上目遣いをする女性をよそに彼はニコニコとしながら、「日菜子さんは本来、自分で悩みを解決する力を持っているからなぁ」と言ってあしらう。

「え〜。そんなことないもん。天堂さんがいてくれなきゃ困るよぉ」と言いながら、彼女は天堂さんの身体にベタベタと触り続けている。しばらく押し問答を続けた後で、那津さんが言った。

「はい。おしまい。帰った、帰った。俺ら走って汗かいたから、これから玉の湯に行くの。今日のところは、この辺で天堂を解放して。予約したいなら、営業時間内に電話で連絡して。それがウチの店のルールだから。寒い中悪いけど、マジでお願い」

彼らしいハッキリとした態度ではあるが、どこか口調は抑え気味だ。

手で追い払う素振りを見せると、ようやく女性は不服そうな表情をしながらも「わかったぁ。

解放してあげる」と言って身体を後ろに引いた。その表情はどこか寂しげで、わずかに胸が痛む。

　逃げるように勝手口に向かい、解錠しながら「親しいお知り合いなんですか？」と私が尋ねると、天堂さんは返事の代わりにさらりと酷いことを言った。

「白石さん。今度、彼女から占いの予約が入った時は、『満席が続いてる』と言って断って下さい。遠慮は不要。要は、出禁人物だと思ってもらって構わないです」

「え⁉　出禁⁉」

　那津さんが言うならば理解できるが、天堂さんがこれだけ他人に対して冷たい態度を示すのは、私の知る限り初めてのことだった。よほど過去に、不快な出来事があったのだろうか。階段で二階に上がりながら、三人揃って洗面所に入った後も彼は言葉を続ける。

「うん。あのね、見て頂ければ分かる通り、彼女は僕自身のことや、僕の占いをとても愛してくれている。それ自体は、ありがたいことです。でも、ここに来てはダメな人なんだよ」

「なぜですか？　ボディータッチが激しくて、那津さんが嫉妬しちゃうから？」

　大真面目にそう尋ねると、彼らは棚からタオルを取り出しながら盛大に笑う。

「嫉妬するに値しない」

　那津さんが一刀両断した。困惑する私を見て、天堂さんが付け加える。

「良いかい？　占いっていうのは占い師がいくらアドバイスをしても、悩みを抱えている本人が現状打破できるように真剣に努力をしなければ、何も意味がないんだよ。なんでも楽に叶えてくれる魔法ではないのだから」

「……まぁ、それはそうでしょうけど」

「関わっていると不幸せになるような人ばかりと付き合って、悩みのタネを自分で作って。こちらが助言しても無視をして、悩むたびに僕のもとに来て、不幸な結果を人のせいにしているような人は、いつまで経っても幸せになれないんだよ」

「……はぁ」

厳しい意見を述べる天堂さんを前に、思わず気の抜けた返事をしてしまう。その言葉は未だ完全には自立できず、英治の呪縛《じゅばく》からも抜け出せていない自分自身に対しても向けられた気がして、なぜか私まで傷ついてしまった。見透かしたように那津さんが言う。

「なんで、アンタまで傷ついた顔してんだ」

「……いえ、別に」

鋭い指摘に動揺していると、彼は続けた。

「さっきの人は、室井《むろい》日菜子さん。この店をオープンした頃からよく来てくれた。もちろん俺らも最初は、お客さんとして大切に接してた。けど、だんだん熱心な天堂信者になって、上手くいかないことがあるたび連絡してきて。近頃は自分で物事を考えることも放棄して、営業中、クソ忙しい時に押しかけてきたこともあって迷惑してる。だから、距離を置いた。ただそれだけだよ」

そう言って、入浴セット一式をバッグに詰め終える。

たしかに二人の言うことは、正論だ。占いというツールに頼るだけではなく、相談者本人自らが努力をしていかなければならないのだろう。——しかし、時には縋るような思いでアドバイスが欲しいことだって、誰にでもあるではないか。

天堂さんは以前、Maison de Paradiseを、誰にとっても「楽園」のような場所にしたいと言っていた。しかし、今の彼らの発言はどこか排他的に感じる。この店は、何人に対しても開かれた場所ではなかったのか。私の中で、「聖母のような天堂さん」というイメージがわずかに崩壊していく。

玉の湯に到着すると、いつも通り湯船でゆっくりと身体を温める。今夜も玉ねぎおばさんがいたので、私は煩わしい全ての出来事を一時忘れて、雑談を楽しんだ。

翌日は土曜日で、普段ならば天堂さんの鑑定で終日忙しくなるはずだった。しかし、今日は彼の本業の仕事が立て込み、珍しく臨時休業である。

私は午前中にキッチンの掃除を行い、午後からは即売所で買った生姜やホースラディッシュ、長ネギや白菜などを調理台の上にのせて何を作ろうかと考えていた。

これまで天堂さんの鑑定については「お気持ちだけで結構」という彼の思いから料金は設定せず、時間制限もあってないようなものだった。しかし、近頃はあまりの人気に予約の電話が殺到し、時間の調整が難しくなってきた。

そこで数週間前、占いについても、那津さんのメイクレッスンと同じように時間や料金をシステム化しようという話になった。

天堂さんが提案してきた額は一時間四千円という破格だった。一日二組を上限として、鑑定後に私が相談者に季節の食材を使ったスープを振る舞うことをセットにしたいという。

提案された内容には賛成だが、金額は正直、安すぎると思った。私のスープに価値があるかはともかくとして、充実した鑑定に加えて食事も付いてその金額では、利益がほとんど出ないだろう。普段は天堂さんの提案にほとんど異論を唱えない那津さんも、「一時間八千円でも安いだろ。世の中、物価が高騰しまくってるんだぞ」と当初は反論していた。しかし、天堂さんは「安くて良質なサービスを提供することこそが、経営者としての僕の美学だよ」と断言して、首を縦に振らない。

結局、その日のうちに店の軒先には、那津さんの手書きで「天堂、週末の占い、一時間（※時間厳守）四千円、鑑定後に季節のスープ付き、事前予約制」と張り紙に追記された。

明日は一件目の予約が、十三時に入っている。今日のうちにスープの試作と準備を終えておきたい。

まず、コンセプトを考える。最近は冷え込むので、心も身体も温まるスープを作りたい。「鶏と豆腐を使ってみるか」。直感的にそう思い、冷蔵庫にストックしておいた手羽元を手始めに幾つか取り出し、アルミ鍋に敷き詰めて下茹でする。その間に長ネギの青い部分を微塵切りにしておき、手羽元に火が通ったら茹でこぼす。今度は同じ鍋に水一リットルと日本酒を少量入れて、蓋をして煮立たせていく。部屋中にチキンスープの良い香りが充満したところで、塩ひとつまみと冷蔵庫から取り出した豆乳、そして絹豆腐をスプーンですくい、サッと入れる。銀色の鍋の中に、ごろりごろりと落ちていく豆腐の欠片は宝石のように美しい。最後に微塵切りにしたネギを入れ、一煮立ちさせたら完成だ。

スープ皿に盛り付けると、とろみのある乳白色の液体の上に、柔らかい蒸気が立ち上る。

このふんわりした優しい湯気こそ、お客さんがホッとする、最後の調味料になるだろう。

一口啜ると鶏ダシの旨味とコクが口の中いっぱいに広がり、豆乳のまろやかな甘味が後に続く。もう一口啜ると、豆腐がすとんと軽やかに身体の中に落ちて、身体の芯から温まる。胃や食道などの臓器も、ゆったりと落ち着いていくのを感じた。

よし。これならばお客さんも喜んでくれるに違いない。

小さな達成感と共に作業を一旦止めて、外の空気を吸おうと軒先に出ると、夕陽が辺り一面を穏やかに染めていた。この店の入り口は西側に面しており、夕暮れ時はいつも優しい橙色《だいだい》が街を染めて美しい。

しばらく深呼吸をしていると、既視感のある白いコートを着た人影がママチャリに乗ってやって来るのが見えた。

「……あ、室井さん」

考えるより先に、勝手に声が出た。彼女は瞬時にこちらに興味を示し、店の軒下に自転車を止める。

「こんにちは。先日は寒い中、店の前で天堂を待ってくれていたようで……」

声を掛けた手前、気の利いたことを話さなければと思い笑顔で接する。しかし、内心では「出禁」という言葉が、警戒レベルＭＡＸで脳内に響き渡っていた。

こちらの思いを知ってか知らずか、室井さんは長年の友人のような口調で言う。

「っていうか店内、いい匂いする」

「チキンベースのスープを作ってるんです」

「いよいよ夜の営業、再開したんだ」

「いえ。ディナー営業を再開したわけではないのですが、明日、天堂の占いの鑑定でお越しになるお客様のために試作をしたり、下準備をしたりしているんです」

「へぇ！　アンタ、ただのバイトだと思ったら、新しい料理人なんだ。最近この店、混みすぎて予約が全然取れないし、どうなることかと思ったけど、新しい人が来てくれて天堂さん達も助かってるだろうね」

数日前に出会ったばかりの人に、「ただのバイト」呼ばわりされる筋合いはない。それに予約が取れないのは混雑もあるけれど、あなたが出禁人物だからです。つい、そう言いたくなるが、ぐっと堪える。

天堂さんは彼女について「不幸せになるような人ばかりと付き合う」と言っていたが、ママチャリに乗っているということは、子供がいるのだろうか。踏み込んで聞いてみたい気もするが、躊躇われる。何を話すべきかと考えあぐねていると、彼女は言った。

「ねぇ。ちょっとお店で休ませてくんない？」

「え！　今ですか？　いや、それはちょっと」

「ちょっとくらい良くない？　逆に、なんでダメなの？」

まるで「自分という人間は、全ての意見が通って然るべき」と言いたげだった。

「もうすぐお客様がお見えになるので……」

咄嗟に口から出まかせが出るが、見透かしたように彼女は言う。

「嘘が下手だね。まだディナー再開してないって、さっき言ってたじゃん。すぐ帰るよ。私だって、娘のピアノ教室のお迎えあるもん。お願い。三十分で良いから」

そのまま室井さんは、勝手に店の入り口の扉を開けてしまう。

私は、天堂さんと那津さんの今日の予定を思い出す。天堂さんは仕事で帰りが遅くなると言っていた。那津さんもさっきスタジオに出かけたので、当分帰ってくることはないだろう。

——まぁ、少しのあいだ話し相手になるくらいならば、いっか。

憐れみの気持ちが芽生え、私はつい彼女が店内に足を踏み入れることを許してしまった。


「あの、天堂が不在ですので、あまり長居をしていただくわけには……」

今頃になって私は、この状況に罪悪感を抱いていた。精一杯に釘を刺したつもりだが、室井さんは厨房や客席の様子をまじまじと眺めながら「わかってる、わかってる」と言い、気もそぞろである。

ひとまず私はグラスに水を注ぎ、カウンター席の彼女に渡す。多分これがいけなかった。彼女は歓迎されていると勘違いしたのか、すぐに飲み干してお代わりを要求してきたのだ。その厚かましさには、もはや清々しさすら感じる。

「久しぶりに、この店の雰囲気を感じられて嬉しいなぁ」

子供のように、あどけない表情で顔を輝かせる。そして、次の瞬間、思いがけないことを言った。

「ねぇ、もしかして、私って出禁にされてる?」

「……え?」

「ただの勘だけど。今まで散々、天堂さんに酷い恋愛相談して迷惑かけたから、愛想尽かされちゃったかなぁと思って」

図星のあまり、思わず無言になる。居心地の悪い空間の中で、スープの優しい香りだけが店内に充満していた。

「……あのさ、モラハラだったんだよねぇ。ウチの夫」

「え?」

「突然ごめん。天堂さんから聞いてないと思うから言うけど、別居中の夫、サイレントモラハラが酷くてさぁ。私が何を言ってもいつも返事が素っ気ないし、すぐ不機嫌になる腹立つ奴なの。それが嫌で、二年前に子供と家を飛び出したんだ」

「そうだったんですか」

「サイレントモラハラ」という言葉は、この前、知ったばかりだ。

先日、昼食時に那津さんと雑談中、私が英治との暮らしぶりを話したら「アンタんちの夫のそれは、完全にサイレントモラハラだな」と言われたことがきっかけで意味を調べた。

直接的に暴力を振るってくるわけでもないし、日常的に怒鳴り声を浴びせてくるわけでもない。しかし、ふとした瞬間に機嫌が悪くなったり、無視したり、こちらの行動を把握して監視しようとしてくる。

そういうモラルハラスメントの仕方を総じてそう呼ぶらしい。そんなこと、これまでの夫婦生活において日常茶飯事で、呼び名があるなんて想像したこともなかった。一方、その言葉を知った時、私は「英治のあれは、そういうことだったのか！」と自分を蝕《むしば》んでいた病気に名前がついたような安堵感を覚えた。

突然の告白に、自分を重ねる。あまり感情移入をしてはいけないと思い、相槌《あいづち》は打たずにいたが、多分これもいけなかった。そのまま室井さんは、今までの経験を語り始めたのだ。

二年前、専業主婦として隣町に住んでいた彼女は、少しでも経済的に自立したい思いから全国にチェーンを展開する「おかのや」の最寄り店舗でパートを始めたが、年下の店長と不倫関係に陥り、子供を連れてこの街に逃れた。しかし、実は相手にギャンブルで作った借金があったという。

その男性と別れ、今度はこの街のスナックで働き始めたところ常連と恋仲になり、ようやく幸せになれると思った矢先、彼が妄信する新興宗教に親子で入るように強要されたらしい。

次こそ良い人と出会いたいと思い、今度は駅前のボクシングジムで事務員として働き始め、そこに通うボクサーと恋仲になったが、あろうことか彼には婚約者がいたという。

自分も言えた資格はないが、あまりの男性運の無さに愕然とする。――しかし一連の行動が、自らを大切にしてくれなかった夫への愛情を埋め合わせる行為だと思うと、彼女に全ての非があるとも思えない。

ひとしきりマシンガントークを聞いた後で、時計を見ると三十分が過ぎていた。まだ話を聞いてあげたい気もするが、思い切って告げる。

「あの、そろそろ、約束の時間が過ぎましたので……」

「オッケー。長居してごめんね！　でも、良いストレス発散になったわぁ」

室井さんは意外にもすっきりとした表情で席を立つと、最後に閃《ひらめ》いたように言った。

「そういえば、お姉さんは、どうしてこの店で働くことになったの？」

「アンタ」呼びから「お姉さん」呼びに格上げされたのはありがたいが、このタイミングで自分の経験を話す気にはなれない。

ひとまず手短に「まぁ、その、夫によるサイレントモラハラというやつかと……」と言うと、彼女は今日一番というほど興奮気味に言った。

「ねぇ！　そんなに大事なこと、どうして黙ってたの⁉　詳しく教えてよ」

その迫力に圧倒され、仕方なく英治との結婚生活についてざっくりと説明したところ、彼女はにんまりと微笑みながら言った。

「なんか私と同じくらい不幸で、テンション上がる！」

あまりの無邪気さに恐ろしさを感じ、本当に帰ってもらおうと決めた瞬間、扉が開いた。

「日菜子さん？」

そこにいたのは、予定より随分と早く帰宅した天堂さんだった。彼は数秒間きょとんとしていたが、すぐに事態を察したようで口を開く。

「いらっしゃい。悪いけど、今日はもう帰ってくれない？」

彼女は「はーい。またね！」と明るい声で言うと、軽やかな足取りで去っていく。後のことは我関せず、といったテンションだった。台風が去った後のような店内で、沈黙が流れる。

「勝手なことをして、すみません」

責められることを覚悟の上で謝罪したが、彼は「今度から気をつけてね」と言うに留まる。

その優しさが、逆にこたえた。


その晩は、普段より盛り上がりに欠ける食卓だった。

普段は私が作った夕食に対して、天堂さんが「エクセレント！」とか、「この味、お店でも出せそうだよ」と絶賛してくれることで自己肯定感がぐんと高まった。そこに那津さんが「あんまり褒めすぎんな。コイツが調子に乗る」と言うまでがお決まりの流れで、そのたびに私は早く通常営業を再開させたい一心で体力作りに精を出し、既存のメニューの練習や新メニューの開発に邁進《まいしん》した。

しかし、今夜は違った。彼は私が作ったロールキャベツを細々と食べると、料理の感想もそこそこに、「今日は疲れました。先、お風呂入るね」と言って、そそくさと食器を片付けて風呂場に行ってしまった。

その様子を不審に思った那津さんが「おっさん、どうした？　葉の飯、こんなに旨いのに」と珍しく料理の味にフォローを入れてくれたのが、ありがたくもあり、辛かった。

二十一時に天堂さんが寝室に行ってしまい、残された私と那津さんは走りに行く気にもなれず、リビングでトランプをして少しだけワインを飲んだ。ほとんど集中することができず、ババ抜きすら成立しない私の様子を見て、いよいよ那津さんが「何かあった？」と尋ねてくる。

隣接した部屋で眠る天堂さんに会話を聞かれたくないと思い、ひとまず彼を玉の湯に誘い、道中ぽつりぽつりと事情を伝えると、一連の出来事を聞いた後で彼は言った。

「へぇ。アンタが天堂に刃向かったのって、初めてじゃないの？」

「刃向かうって、人聞きが悪いです。つい魔が差して余計な真似をしてしまっただけで……。そんな、裏切り者みたいに言われても」

「いや、刃向かってんじゃん。前から言ってるけど、アンタの悪い癖は『私、そんなつもりはなかったんです〜』って顔をしながら平気で虫も殺すし、悲劇のヒロイン演じるし、色んな人に良い顔して最終的に自爆するところだから。もっと自分が偽善者であることを自覚したほうがいい。大人しい顔してても、やってることは完全に周りを巻き込んでるし、マジで迷惑だから」

玉の湯に到着後、暖簾をくぐり、靴箱に靴を入れて受付で五百五十円ずつ払う。

「とにかくおっさんに元気がなかったのはアンタのせいか。どんな理由であっても、俺はアイツから元気を搾取する奴を許さない。日菜子さんといい、葉といい、何なんだ全く」

怒りで顔を赤くする那津さんを横目に見つつ、女性用脱衣所に入りロッカーの中に荷物を置く。

直後、壁越しに男性用脱衣所で彼が溜息をついたのが分かり、私は天堂さんに留まらず那津さんまで怒らせてしまったのだと思い、深く反省した。

服を脱いで浴場に入ると、側面にずらりとシャワーが並び、目の前に二つ浴槽がある。右手に電気風呂があり、いつもならばそこに玉ねぎおばさんがいるはずだが、今夜に限って不在だ。女湯は私一人、孤独である。

持ってきたシャンプーや石鹸で髪や身体を洗い湯に浸かると、男湯で誰かが掛け湯をする音が聞こえる。男湯も、普段より明らかに静かだった。

「あのー、那津さん。もしかして、そちらも一人ですか？」

「あー、そうだなぁー。静かだなー。今日、町内で夜の焼き芋大会があるから、皆そっちに行ってるのかもなー」

とろんと間伸びした声が返ってくる。

「そうですか。ちなみに、こちらも私一人です」

しばらく無言が続き、私は彼が心配になった。

「……もしかして溺れてます？　大丈夫ですか？」

その瞬間、食い気味に那津さんの声がした。

「どうやったら、こんな小さい浴槽で溺れられるんだよ。無駄なボケ、かますんじゃねぇ。ってか、やっぱりアンタ、偽善者だってことを少しは自覚したほうがいいよ」

「え？」

「最近は俺のアシスタントとしても、占いのほうでも、使えない奴なりによく頑張ってると思ってたけど、やっぱり撤回する。あんま調子に乗んないほうがいい」

唐突に批判されて、動揺する。普段の私ならばすぐ謝罪するだろうが、あろうことか今夜は言い返してしまった。

「間違った判断をすることくらい、誰にでもあるじゃないですか。それに天堂さんにだって、非はあります。Maison de Paradiseを誰にでも開かれた楽園のような場所にしたいって言ってたのに、結局、出禁の人を作ってるし、室井さんの前では良い人ぶってるのに、陰で彼女を小馬鹿にしてるし。結局は、人を選んでるじゃないですか」

言ったそばから、言い過ぎたと思った。しかし、思いとは裏腹に言葉が止まらない。

「私だって、室井さんがあまりに可哀想だから店に入れたんです。もし私が対応しなかったら、天堂さんは後から彼女に恨まれて大変なことになっていたかもしれません。むしろ感謝してほしいくらいです」

そう言葉を続けると、勢いよく那津さんが立ち上がる音が聞こえた。

「何。アンタ、まさか天堂のことを、聖人君子とでも思ってたわけ？」

「え？」

「勝手に人を美化するんじゃねぇ。思い込みで人を自分の枠にはめようとする癖を、直ちにやめろ」

その瞬間、図星のあまり、どきりとした。

「アンタは、いつも『誰かのために』って余計なことをする。いいか？　中途半端な優しさは相手のためにならない。アンタみたいな奴に限って相手から依存されると、尻尾《しっぽ》巻いて逃げんだよ。現に、旦那さんとそういう関係で夫婦生活破綻したんじゃないの？　これだけ痛い目見てんのに、まだ学習してないの？　もしかして、生まれつきドM？」

頭が真っ白になった私は、気づけば、「いい加減にして下さい！」と大きな声で言っていた。口元がその言葉を象《かたど》った瞬間に後悔が押し寄せ、慌てて裸のまま立ち上がるが、時はすでに遅かった。

「すみません。言い過ぎました」

すぐに謝罪するが、彼は冷たい声で言った。

「よく覚えておけ。本当のアンタは、そういう気の強さも持ってる。全然、弱くなんかない。無自覚な自分を、自覚したほうが良いぞ。そこから人生、再スタートさせろ」

「もしかして私が怒るように、わざと挑発しました？　だとしたら、ほんとに最悪です」

しかし、今さらどれほど後悔しても、那津さんに強い言葉を吐く前の自分には戻れない気がした。

「さっき天堂のこと、日菜子さんの前では良い人ぶってるって言ったよな。あのな、それはアイツなりの社会性だから。面倒な人に付け込まれないように、あえてそうしてるわけ」

次の瞬間、ガラガラと男湯のスライド式ドアが開く音がして、「那津はどうして立って局部を晒してる？」と呆れた声がした。その特徴的な声は、アラン・スミシーのジェイさんのものだと、すぐに分かった。軽くシャワーを浴び、浴槽に浸かったと思しき彼は、「脱衣所にいる時からアンタ達の声が聞こえてきたからさ、詳しいことは分からないけれど、ちょっとだけお節介言って良い？」と前置きをした上で言った。

「今の葉さんに必要なのは、間違いなくサン＝テグジュペリ」

「なんですか、急に」

予想外なことを言われて混乱するが、彼は静かに言葉を続ける。

「『星の王子さま』よ。あの物語の中で、生まれて初めて友情の心が芽生えた王子さまに、キツネが忠告するの。『きみは忘れちゃいけない。きみは、なつかせたもの、絆を結んだものには、永遠に責任を持つんだ』って」

「何が言いたい？」

那津さんが苛立った様子で横槍《よこやり》を入れるが、彼は構わずに言った。

「一度、他人と関わると決めたら、その人に対する責任が生じる。最後まで引き受けられないなら、余計な親切はやらないほうがベターね。結局、それが一番残酷だから」

それだけ言うとジェイさんは、コンコンとキツネの鳴き真似をして、「部外者のくせに混乱させてしまったかしら。おほほ。ごめん遊ばせ～」と言って笑う。

――皆、本当に自分勝手なことばかり言う。

余計に心が掻き乱された私は、浴槽に体を沈める。それから息を吸い込むと、「ちょっと色々と考えさせて下さい」と言って首の付け根まで湯に浸かった。


あまり眠れないまま、日曜日を迎えた。

普段通り七時には起床し、洗顔後、髪を結び、リビングに掃除機をかけ朝食を作り始める。

居候である手前、本来ならば全ての家事を私が担いたいが、「君を家政婦として雇ったんじゃない」という天堂さんの意向から、夕食以外の家事は二日おきに当番制で回していた。

今日は私が当番の日で、部屋の南側の窓を少しだけ開けて空気を取り込みながら食卓に食器を並べていると、それだけで清々しい気持ちになってくる。

「おはよう。良い匂いだね。朝食はなんだい？」

三十分後、もはや毎朝の彼のトレードマークである発芽玄米のような寝癖をつけて起床した天堂さんは厚手のガウンを羽織《はお》り、黒縁の眼鏡をして食卓に座る。昨夜の出来事が嘘のように、けろりとした態度だった。寝起きとは思えぬほど爽やかな表情で話しかけてきてくれたことに安堵した私は、あえていつもと変わらない調子で彼に接することに決める。

「おはようございます。かぼちゃのポタージュ、焼きたてのパン、ホースラディッシュのソースをかけたチキンソテーです」

「エクセレント！」

いつもの天堂節が出る。従業員が失態を犯しても、翌朝にはこうして気持ちを切り替えて接してくれる彼に、人として度量の違いを見せつけられた気がする。しかし、心のどこかで、未だ彼に対する拭い切れない違和感はあった。

普段から寝坊しがちな那津さんは起こさず、私と天堂さんは穏やかな朝食を済ませる。食後、リビングの奥に設置されたコーナーラックで予約者リストを見ると、昨日の夕方の時点では入っていなかった「伊藤《いとう》」という名で今日の十三時から予約が入っていた。

綺麗な筆跡からして、天堂さんが予約を受け付けたのだろう。

「天堂さん、こちらの伊藤様という方、いつ予約をお受けしました？　今日の十三時って、麻子さんの鑑定じゃなかったでしたっけ？」

「あぁ。それなんだけど。昨日の夜、君らが出かけているあいだに何度も同じ番号から電話があって」

「え？」

何度も同じ番号、と彼が口にした瞬間、背筋が凍った。英治周辺の人間が、私を捜して連絡してきたのではないかと思ったからだ。しかし、すぐに疑惑は晴れた。

「僕も寝室で寝ていたけれど、仕方なく何度目かのコールでリビングに行って電話に出たら、若い女性の声でね。か細い声で、会社の人間関係に悩んでいてどうしても鑑定してほしいって言うんだ。それも、なるべく近いうちに」

「……はぁ」

「僕の勘だけど、相当切羽詰まってる感じだった。それで、たしかに元々今日は麻子さんの九人目の彼の件で予約が入っていたけれど、別れてしまったからキャンセルしたいという連絡を昨日の夕方、僕のＬＩＮＥに直接貰ったことを思い出して」

「え⁉　麻子さん、天堂さんの鑑定前に恋人とお別れしたんですか？　珍しいですね」

「そうなんだよ。だから、麻子さんのキャンセル枠を使って、今回はこちらのご新規さんを見てあげようと思う。僕の独断で勝手に予約を調整してしまって、ごめんね」

「いえ、了解です」

私はとくに気にも留めず、軽く化粧をしてから仕込んだスープに調整を加え、掃除の続きをしたり、洗濯機を回したりしながら午後の予約に備えた。

時計の針がちょうど1を指す頃、店の入り口が開いた。

「いらっしゃいませ」

入り口で相談者を迎えた私は、淡いピンクのコートを羽織ったその姿を見た瞬間、あまりの衝撃に全身が固まった。

肩で切り揃えられた髪、ぷっくりとした唇。普通にしていても上目遣いをしているように見える丸くて大きな瞳。そこにいたのは、英治の元不倫相手・伊藤萌美《もえみ》だったのだ。

「……伊藤様でしょうか。ですよね？」

「えっと、はい……。伊藤萌美です」

彼女も状況が理解できていない様子である。顔を合わせるのは初めてではないが、互いにぎくしゃくとして、初対面のように接してしまう。彼女とは二年前、英治の会社近くの喫茶店で会ったきりだった。

彼の社内不倫が発覚後、義母に相談して五十万を包んでもらった私は、そのままその包みを手切れ金として彼女に渡し、彼女も渋々それを受け取った。

それっきり彼女と英治がどうなったのかは知らないが、私と彼女の関係は「完全に切れた」と思い込んでいた。しかし、まさか今頃になって再会するとは。

彼女は、英治から頼まれて私を迎えに来たのではあるまいか。もしくは、まだ夫との関係が切れておらず、恋愛相談をしに天堂さんのもとにやって来たというのか。

瞬時に様々なパターンを想像して混乱する。しかし、彼女は私がこの店の従業員である事態を早々と受け入れたようで、「私、英治さんとは完全に切れてますからご心配なく。ネットの口コミでここの店の占い師さんが凄いって見て、運良く予約が取れただけですから」と淡々と告げる。

「……はぁ。そうですか。とりあえず、天堂のもとにご案内します。御履物を脱いで、ついてきて下さい」

二階に上がるよう彼女を促す。先頭に私が立つと、彼女も大人しく後ろをついてくる。

階段を上がり切ったところで、淡いグレーのセーターを着た天堂さんが待っていた。

「初めまして。ようこそいらっしゃいました。どうぞ宜しくお願いします。……あれ？」

彼は、私達の間に流れる並々ならぬ空気を感じとったのか、こちらを凝視する。それから「あぁ、二人は、お知り合いなんだね」と穏やかに言うので、私は何も言えなくなった。

天堂さんは時々、こういうことがある。こちらが何も言わずとも考えていることが伝わっていたり、まだ伝えていないはずの情報がなんとなく先に伝わっていたり。

占い師特有の直感と言えばそれまでだが、的中率が恐ろしい。彼は毎回「たまたまだよ」と言って謙遜《けんそん》するが、私には何か目に見えない不思議な力があるように思えてならない。

振り絞るように「以前、一度だけお会いしたことがあって」と説明すると、彼は「そうですか。改めましてMaison de Paradiseオーナーの天堂です。今日は短い時間ですが、少しでもお役に立つことができれば幸いです」と言って上品に微笑み、それ以上は突っ込んで聞いてこなかった。

リビング奥に置かれたローテーブルに彼女を案内し、天堂さんの向かいの席に座らせる。彼は普段から、その日の相談者の印象や相談内容を直感的に思い浮かべ机の上に花を活けているが、今日は白いアネモネが数本ほど活けられていた。

後になって相談者本人から話を聞くと、その花の花言葉と彼女達の悩みが不思議と一致していることが多く、私は毎回どんな花が活けられるのか楽しみにしている。

「お茶、持ってきます」

一階に降りてハーブティーを作りながら、「アネモネの花言葉は何だっけ」と考える。早速スマホで調べると、「見捨てられた」とか「見放された」とか、不穏な言葉ばかり出てきて、なんとも言えない気持ちになった。彼は一体、どこまで見透かしているのだろうか。

お茶出しの準備を整えて、再び階段に向かう。「何があっても、アシスタントに徹する」という強い意志を持ち二階に上がるが、その頃には彼らの間に流れる空気感も和らいでいた。その雰囲気を邪魔しないようにハーブティーの入ったポットとマグを二つ、テーブルの端に置き、そっと場を離れる。

一階に降りる途中、あの日、彼女が「旦那さんと別れて下さい。私、本気なんです。会社の皆も私の味方です」と言っていたことを思い出した。私はあの時、「はぁ。そうですか」と腑《ふ》抜《ぬ》けた返事しかできなかった。激昂もしなければ、泣き喚くこともなく、早々と彼女にお金を渡して帰りたい一心だった。正直に言えば、彼女が夫に道ならぬ恋をしているという事実以上に、女性としての自信に満ち溢れていることが羨ましかった。

　そんなことを言うのは非常識だと分かっていたので、表面的には深刻な顔をした。いとも簡単に、「サレ妻の悲《ひ》壮《そう》感」を演じることはできた。しかし、本当は彼女が現れる前から、私の心は夫から離れていた。だから、「英治をこの人にあげたら、私は解放されるのかな」とさえ思った。もちろん、そんなことは彼女に言えなかった。

　そして、今日。もう二度と会うことはないと思っていた彼女は、当時に比べて信じられないほどやつれて、生気がなかった。表情に疲れが滲《にじ》み、目の下にはクマさえあった。

「ざまあみろ」

　試しに、呟いてみる。しかし、心のどこかで、彼女を気の毒に感じている自分がいる。

　スープの準備に取り掛かるにはまだ早く、しかし、手を動かしていなければどうにかなりそうな気分の中、昨日、X市野菜即売所で買った白菜を調理台の上に見つけた。

　気がつけば私は、白菜を一枚一枚、無心になって剝がしていた。いつの間にか起床し一階に降りてきた那津さんに、「剝がしすぎ」と声をかけられたことで我に返る。

　思い切って私が事情を話すと、彼は心底驚いたような表情で言った。

「そんな偶然あるんだな。で、アンタはどうしたいの？　もしも復讐したいなら、俺も手伝うけど」

復讐という言葉をサラリと述べる那津さんに、戸惑いを隠せない。しかし、改めて自分の心の内側を探ってみても、彼女に対する怒りはない。

それどころか私の心の中にあったのは、同情心——憐れみだった。そして、私はもう一つ、目を逸《そ》らしていた事実を思い出した。

それは英治と彼女の不倫を焚きつけた人物が、社内に何人かいたということである。例えば、英治の部下である安田《やすだ》さん。あの図々しくて剽軽で、夫に対して異常に忠誠心《ちゆうせい》が強い男。

証拠になる出来事があった。彼女と喫茶店で会った数日後、英治の入浴中に彼のスマホに届いたＬＩＮＥの通知が図らずも目に入ってしまい、画面を見ると「萌美ちゃん、部長に完全にゾッコンですねｗｗｗ　奥さんと喫茶店で対決したみたいです。見張りに行かせた荒井《あらい》から報告がありました。面白いことになってきましたね」と記されていたのだ。送信相手の名前は、「yasuda」。おそらく、あの安田さんだろう。

「完全にゾッコンですねｗｗｗ」

たった一言で済ませられるほど、彼らにとって一人の女性の心を操り、弄《もてあそ》ぶことはゲーム感覚なのだろうか。

その瞬間、私は英治と部下達を心の底から軽蔑した。しかし、あまりにも惨《むご》い事実を前に絶望してしまい、その出来事は長らく記憶から消していた。

この嫌な気分から逃れようと、すりおろし器を取り出して生姜をすり始める。

「まさか、スープに毒でも仕込んでるわけ？」

皮肉を言われたが、私は「逆です。彼女に少しでも元気になってもらおうと思います」と大真面目に返した。

「あの客はアンタを不幸に陥らせたんだろ？　多少の毒を盛っても、バチは当たらねぇよ」

冗談なのか本気なのか分からない態度で彼が言うが、もはや私は気に留めない。

世間的に見れば、伊藤萌美は批判されてもおかしくないだろう。しかし彼女に今、盛大に不幸なブーメランがやってきているとして、果たしてそれは本人だけの責任なのだろうか。周囲の人間も煽《あお》った責任があるにもかかわらず、彼女だけ責められたり傷ついたりするのは、おかしなことだと私は思う。

「まぁ、アンタが色々考えた上で出した決断なら、俺は何も言わないけど」

那津さんがそう言って、呆れたように欠伸《あくび》をする。その時、ふとジェイさんが言っていた言葉を思い出した。

「一度、他人と関わると決めたら、その人に対する責任が生じる。最後まで引き受けられないなら、余計な親切はやらないほうがベターね」

その通りかもしれない。間違いない。その意見のほうが、正しい。

しかし私は今日、自分のために彼女と向き合いたいと強く思った。

天堂さんと共に一階に降りてきた彼女に向かって、私はスープを勧めた。

彼女は占いにセットでスープが付くことも知らずに予約をしたようで、「頼んでいません」と言って、怪訝な表情をしている。

「料金に含まれているんです。今日は、豆乳と豆腐のやさしいスープになります。生姜のすりおろしも添えてみました。どうぞお召し上がりください。倦怠感や肌のくすみ、冷え、女性が抱えやすいホルモンバランスの乱れなどに効く食材も入っていますので」

あくまで一般論として説明したつもりだが、彼女はこの説明にカチンときたようだった。

「もしかして私、そんなにオンナとして終わってますか？」

「そんなつもりはありません！　ただ、久しぶりにお会いして、少しお疲れ気味だなとは、感じました」

率直な気持ちを伝えるが、却って彼女を刺激してしまったようだった。

「……お疲れ気味って。随分と分かったようなことを言うんですね。まぁ、たしかに上司はセクハラモラハラ三昧だし、残業多いし、どれだけ頑張っても評価されないし。同期の男性と同じくらい働いても給料安いし、良いことなんてないけど。でも、それでもあなたにだけは同情されたくありません」

はっきりと、そう言った。

あまりに強気な態度に圧倒されそうになるが、あの日とは違い、今日の私は負けなかった。たとえ短期間でも、私にもこの店で働いてきた従業員としてのプライドがある。未熟ながら誇りに思える仕事を持ち、人生を切り拓く準備段階にいる。その事実が、どうにか自らを鼓舞してくれていた。

バッグから財布を取り出してレジに向かい、早々と会計を済ませようとする彼女に、私は言った。

「とにかく絶対に後悔はさせません。熱いうちに、一口でも召し上がってみて下さい」

その強引な態度を意外に思ったのか、驚いたような表情で彼女はこちらを見つめる。

「このスープ、鶏手羽と豆乳ベースで、生姜を添えることで身体が温まって身体の内側からぽかぽかするようにアレンジしてみたんです。湯気だけでも良いので、吸ってみて下さい。きっとリラックスできると思うので」

「なんで、そんなに親切にしてくれるんですか？」

「……え？」

「分かってます？　私は、あなたの夫と不倫をしていた人間なんですよ？」

ここまではっきりと口にされると、どのように反応したら良いか分からない。返す言葉に詰まっていると、彼女は続けた。

「白石部長、前に言ってました。妻は自分に対して一切関心がないし、家事もしない。俺が稼いだ金を使って、毎日ひたすら遊び倒している冷たい奴なんだって。私はそれを聞いてから、ずっと奥さんを嫌っていたし、憎んでいたし、軽蔑していました。一方的に、ですけど」

英治は、彼女にそんなことを言っていたのか。あまりにも事実と異なり絶句してしまう。しかし、負けじとこちらも言い返す。

「仮に、私がどれだけ自分勝手な妻でも、あなたが人の夫を奪っても良い理由にはならない気がしますけど」

彼女の眉毛がピクリと動く。

「でも全て、どうでも良いです。もう過去のことですから。私は今、夫と別居して自立するためにこの店で働かせてもらっていますし、そのことに誇りを持っています。それと、もう伝わっていると思うのでこの際、はっきり言います。私もあなたのことが嫌いです。でも、そのことと、あなたをお客さんとして大切にしたい気持ちはなんら関係ありません」

言いながら手が震えた。しかし、心のどこかに爽快感がある。

彼女はしばらく黙った後でカウンター席に座り、スプーンを手にスープ皿の中身を覗く。

私達の言い合いに気圧《けお》されたように、後ろで天堂さんと那津さんが所在無げに佇んでいた。

時計の秒針がカチカチと進む音だけが聞こえる中、彼女が一口、スープを啜る。次の瞬間、

「……あ、美味しい」と言葉を漏らした。思わず私は、小さくガッツポーズをしてしまう。

彼女は黙々とスープを啜っていたが、完食目前で「ご馳走さまです」と呟くと、スプーンを置き、再び持っていたバッグから財布を取り出す。

「お口に合いませんでしたか？」

焦って尋ねると、彼女は言った。

「いえ、とても美味しかったです。でも、もう充分なんです。最後にもう一言だけ言って良いですか？」

「……はい」

「喫茶店でお金を渡されたあの日、私に怒りをぶつけてこない奥さんの姿を見て、『あ、負けた』って思いました。この人には勝てないし、私はなんでこれだけ白石部長を奪うことに必死になっていたんだろうって、分からなくなりました。だから、せめて最後に、お金だけでも貰えるだけ貰ってやろうって思いました。私って、最低でしょう」

そう言うと彼女は、表情を曇らせる。その長い睫毛《まつげ》には乱雑にマスカラが塗られ、投げやりな生活をしているのが窺えた。

「じゃあ、私も正直に言います。あの日、私は女性として自信に満ち溢れているあなたのことが羨ましかった。そういうの、私は失っていたので。だからこそ今日、料理人として、あの時みたいにエネルギーに満ち溢れたあなたに戻って欲しいと思いました」

その瞬間、彼女の瞳の奥が、わずかに揺れた気がした。

「また、いつでもいらして下さい。この店は、誰にとっても楽園のような場所であることを目指していますから」

気がつけば私は、そんなことを口にしていた。一介の従業員が出過ぎたことをしたように思い、言ったそばから後悔したが、その後すぐに、まあ、いいやと思った。

会計を終えると、逃げるように彼女は店から去っていく。去り際、来店時よりもわずかに顔色が良くなったことを、私は見逃さなかった。

占いも料理も、一時的なケアに過ぎないのかもしれない。しかし、それでも今日、この店での出来事が、明日から彼女が前を向いて生きるきっかけになって欲しいと心から願う。

天堂さんと那津さんとが各々「見ててハラハラした」とか、「女同士の喧嘩、怖ぇな」とか言いながら、カウンター席に座る。

私も緊張の糸が切れて、どっと疲労感が押し寄せてきた。しかし、それは心地のよい疲労で、妙な高揚感すらあった。

彼女の使ったカトラリーを片付けていると、那津さんが「あ～。疲れた。なんか飲もう」と浮き立った声で提案する。天堂さんが「いいね」と賛同しつつ、私を見て言った。

「一応、確認するけれど、メンタルは無事かい？　だいぶ心に負担がかかったんじゃない？」

「え？」

そういえば私は、彼女との関係性について結局、何も彼に伝えられていなかった。

「ご心配をおかけしてすみません。実は彼女、私の夫の……」

そこまで伝えると、彼は私の言葉を制する。

「言わなくていいよ。彼女の今日の相談内容はもちろん白石さんに言わないけれど、鑑定中、カードをシャッフルしている時、しきりに『カップの５』が飛び出してきたんだ。いわば、ジャンピングカードだね」

「ジャンピングカード？」

「そう。カードをシャッフルしている時やめくっている時、勢いよく飛び出すメッセージカードのことだよ。あまりにも何度も同じカードが飛び出すから、これは何か強い意味があると思って、僕のほうでも深くリーディングしてみたんだ」

そう言って彼は、胸に手を当てて瞳を閉じる。

「そうしたら、周囲の人に翻弄されて大切なものを失い、悲嘆に暮れる彼女の姿が視えた。でも、あの子は大丈夫だよ。並大抵の根性じゃないし、本来は太陽みたいに生命力に満ちているからね。周りの人の色に染まりやすいところもあるけれど、彼女も今、変われるチャンスなんだと思う。僕なりにアドバイスさせてもらったけれど、総じて希望は持ち続けて欲しいって伝えておいた」

「天堂さんの占いの力で、少しでも彼女を癒すことができていたら嬉しいです」

「白石さんだって、料理の力で彼女を癒せていたでしょう。接し方が非常に難しいお客様に対して、今日は上手に向き合っていたよ。よく頑張りました」

その慈愛に満ちた表情を見て、やはり彼は〝聖母〟かもしれないと思い直す。

「でも、一つだけ言って良いかい？　全ての人に全力で向き合うと疲れるよ。好きな人は好き。嫌いな人は嫌い。そうやって線引きしなきゃ、自分の身が持たないじゃない。今後は合わない人や関わると疲れる人には向き合い過ぎず、表面的に接することも必要じゃないかな。いや、そうするべきなんだと僕は思う」

前言撤回。彼もまた、一人の人間なのだろう。

とりわけ人との関わり合い方においては私と異なる考え方を持ち、どちらが良い悪いではなく、ただスタンスが違うというだけなのだ。

私は自らを奮い立たせると、思い切って彼に言った。

「でも、ご縁があってこの店に来てくれた全ての人に、私は全身全霊で向き合って美味しい料理を提供したいんです。たとえ、傷ついても。これは私なりのプライドかもしれません。私と天堂さんは違う人間なので、その考えだけは譲れません」

彼が瞳をぱちくりとさせている間に、すかさずもうひとつ提案をする。

「あと、室井さんの件ですが……。彼女、ただ自分の話を聞いて欲しいだけなのかもしれません。その寂しさ、私も分かる気がするんです。だから、また今後、彼女が店に来た時は、対応を私に任せてもらえませんか？　もちろん彼女がお店のルールを破ろうとした時は、全力で止めるので」

少しの沈黙があった後で、彼は言った。

「もしも彼女が今後、君の手に負えないようなことをしても責任がとれるね？　当然そういうシミュレーションも含めて、提案しているわけなんだよね？」

毅然とした表情で覚悟を問う彼を前に、私も腹が決まる。

「はい。トラブルにならないように、上手に彼女と接してみます」

「分かった。じゃあ、今後の対応は任せます。但し、今後も執拗《しつよう》に僕らを追いかけ回すようだったら、悪いけどすぐ出禁に戻すからね」

私が頷くと、天堂さんは「よし、今日は白石さんが一皮剝けた記念に一杯だけ飲もう」と言って、悪戯《いたずら》な表情でレジ横に設置されたワインサーバーに向かう。

「ダメです！　まだ夕方からもう一件、鑑定が残っていますから」

私は慌てて引き止めるが、彼は「大丈夫。安心して」と言うと、一本のボトルを取り出してこちらに見せてきた。

「これは『妖精たちの宴』という、山葡萄を使ったノンアルコールワインだよ。蒜山《ひるぜん》という岡山県北部で作られているもので、いわば百パーセント葡萄ジュースだけど、不思議と渋味や酸味も感じられて、酔わずしてお酒の感覚が楽しめる最高な飲み物なんだ」

天堂さんがウンチクを述べる間に那津さんがグラスを用意し、カウンター席に置く。

「次のお客さんまで、あんま時間ないから乾杯は省略！」

そう言って、手早くボトルを開けるとドボドボと勢い良く三つのグラスに注ぎ分ける。

「はい、じゃあ、色々とお疲れさん！」

さっさと飲み始める彼らを横目に、私も慌てて自分のグラスに口をつける。深紅《しんく》の液体を舌にのせると、芳醇《ほうじゅん》な葡萄の香りが鼻に抜けた。その後、すぐに酸味を感じ、後から甘味と独特のコクがやってくる。

不思議とアルコールを飲んだ時特有の、ふわっとした心地よい眩暈《めまい》が一瞬だけおとずれた気がした。

「ノンアルコールも、たまには良いもんだな。でも、夜にはちゃんとした酒を飲もうな」

少年のように笑う那津さんを見ながら、ふと私は今日、図らずも自分なりに他者との向き合い方を学んだのかもしれない、と思った。

今までの人生で感じたことのない充足感に満ち溢れながら、「新しい自分」に出会えたことに深く感謝したくなる。

グラスの中で光り輝く葡萄ジュースを小さな達成感と共に飲み干すと、ちょうど今日二人目のお客さんが入り口の扉を開く音がした。

第四話

本当の自立

「そろそろ、レストランの営業を再開しようと思うんだ」

朝の空気を取り込むためリビングの窓を開けていると、木製の椅子に腰をかけた天堂《てんどう》さんがそう告げた。澄《す》んだ風が部屋中に流れ込み、彼がクシャミをひとつする。

「寒いですよね。すみません」

慌てて開けたばかりの窓を閉じると天堂さんはコーヒーをひとくち啜り、「大丈夫。花粉の仕業かも。もうすっかり春だねぇ」と言って立ち上がり、窓の外に目をやった。視線をたどると、向かいの家の庭に梅が咲いている。水彩画のような淡いピンク色が美しく、ふとこの街で暮らすようになって約半年が過ぎたことを実感した。

この場所に来て最初の頃は、まだ枯葉《かれは》ばかりだったというのに。私がこの地で必死に奮闘《ふんとう》する間も、周囲の樹々は季節に合わせて装いを変えていた。時の流れの速さに驚く。

「あの……、いま仰ったこと。それは決定事項でしょうか？」

おそるおそる確認すると、彼はいつものように聖母スマイルを浮かべる。

「もちろん、白石《しらいし》さんの気持ち次第。でも、僕はもう任せても大丈夫だと思ってる」

その眼差しは不思議と確信に満ちていて、返答に詰まる。レストラン営業の再開は私自身、切望していたことだ。目標に対して熱意を失ったことはないし、レシピ集も熱心に読み込み、既存のメニューはあらかた短時間で作れるようになった。

　一方で近頃は、那津《なつ》さんのメイクレッスンや、天堂さんの占いのアシスタント業にも慣れて、やり甲斐を感じ始めていたところだった。勿論いつかはこの状況から抜け出さなければと思っていたが、日々の仕事に追われ、その「いつか」がいつなのかということは考えてこなかった。いや、正直に言えば、心のどこかで考えることを放棄していたのかもしれない。私の複雑な気持ちを見透かしたように、彼は言葉を続ける。

「まだ不安って顔をしているね。でも大丈夫。一応、僕なりに考えた秘策《ひさく》もあるんだ」

　彼の秘策とは、こういうことだった。

Maison de Paradise《メゾンドパラダイス》のメニューは冷菜と温菜が各四種、サイドメニューが六種、パスタが五種、肉や魚などメインが三種、デザートが三種ある。季節により食材に変動はあるが、品数はほとんど変わらない。

　天堂さんはこれを、一時的に二種類ずつに絞ろうと言う。調理にかかる負担を減らすことで、キッチンとホールを繋ぐデシャップ業務とホールスタッフを兼任する那津さんも余裕を持ってオペレーションをすることが出来るだろうというのが、彼なりの算段《さんだん》だった。

　――品数を減らす、か。

　ただでさえ、今の料理人としての私の仕事は占い客にスープを出すだけなのに、再びハンデをもらうことに申し訳なさを感じる。しかし、彼は言った。

「出来る範囲で新しい挑戦をするのは、ちっとも恥ずかしいことではないよ。余裕を持って料理を提供できたほうが、僕らだけではなくてお客さんにとっても良いことでしょう」

「それはそうですが……」

この期に及んで、料理人としてのプライドが邪魔をすることに自分でも嫌気がさす。一体どうすれば良いのだろう。

「それに僕は、最近の白石さんの成長は目覚ましいと思っているんだ」

「へ？」

思いがけず褒められて、間抜けな声が出る。彼が一例に挙げたのは、意外なエピソードだった。

「最近、感動したのは先週の土曜に日菜子《ひなこ》さんがいつものように店にやって来て、娘さんが習うピアノ教室の先生の悪口をマシンガントークし始めた時、君が『話は聞きます。でも、せめてドリンクの一杯でも注文してくれませんか？』と言ってニッコリ笑ったことだね。彼女も渋々、エルダーフラワーのソーダを注文したじゃない。あのやり方は、実に見事だと思ったよ。お客様と僕らは、友達同士ではないのだから」

「あの時は、仕込みに集中したいのに日菜子さんが全然帰ってくれなかったので仕方なかったんです。しかも最近の彼女、『お水ちょうだい』と言って、本当に水だけ飲んで帰るんですよ？　さすがにドリンクの一杯でも注文していただかないと」

なんだか恥ずかしくなり弁明すると、彼は真面目な顔つきで言った。

「それが頼もしいと思ったんだ。僕がこの店の料理人に求めるのはお客様相手でも遜《へりくだ》らず、きちんと自分の意見を伝えられることだからね。少なくとも、数ヶ月前の白石さんにはできないことでした。本当に君は随分と頼もしくなりました」

もっと料理の技術が重視されると思っていたので、面食らう。この店では何が評価の対象になるのか分からない。

「ちなみに前に働いていたというレストランでは、食材の発注経験はあるんだよね？」

「もちろんあります」

そう返答するが、実際のところ結婚前に勤めていた地元・福岡のイタリアンレストランはメニューの変更が通年ほとんどなく、日々決められた業者に肉や魚、野菜を発注するだけで良かった。

当時の私は調理担当とホールスタッフを兼任していたが、自分が作った料理も先輩料理人が作った料理も、自信を持ってお客さんに提供していたかと聞かれれば正直、微妙である。

あの頃は何も考えず、ただ与えられた仕事をこなしていた。そのことに疑問を感じたこともなければ、不安を感じたこともない。ただ給料を貰い、漠然《ばくぜん》と雇われの身として働いているだけで、日々それなりに幸せだった。

そして五年が経ったある日、出張で同僚と周辺を訪れていた英治《えいじ》が、夕食をとるため店に寄った際に声をかけてきた。その後、すぐに交際が始まり、半年でプロポーズされ、舞い上がるままに仕事を辞めて上京した。我ながら世間知らずのチョロい女だった、と思う。

しかし、結婚直後から彼のモラハラが始まり、私は食事と体重を徹底的に管理されるようになった。次第に夕食の買い出しでスーパーに行ってもササミしか買うことが許されなくなり、いつしか生鮮食料品売り場に並ぶ肉や魚が光り輝いて見えるようになった。

それからは不自由さの反動で隠れて魚を捌いたり、あらゆる食材を密かに料理したりすることが、人生の唯一の楽しみになった――そんなことを思い出していると、天堂さんが説明を始めた。

「ウチの店は、魚介に関しては豊洲《とよす》市場から仕入れて配達してくれる知り合いがいるんだ。野菜と肉は今の時代便利なもので、各地で採れた食材をスマホからタップひとつで届けてくれる業者がいて、そこに頼ることが多いね。でも、野菜に関してはX市野菜即売所に頻繁《ひんぱん》に君が通っているし、今後はあの玉ねぎみたいなヘアスタイルの女性に仕入れを任せても良いかもしれない。彼女なら、何かと協力してくれそうだし。とにかく僕らもいるし、一人で抱え込まないで。さっそく再来週あたりから再始動するのはどう？　今ご予約を承っている占いとメイクレッスンが、丁度その頃に少し落ち着くし」

「……分かりました」

それから、と私は付け加える。

「再開に向けて、新メニューも考えてみます」

彼は目を見開く。

「アメージング！　そのチャレンジ精神こそ、Maison de Paradise の料理人の心意気だ。じゃあ、お手隙のときに営業再開のお知らせを軒先に貼っておいてくれる？　その貼り紙を見たら、常連さんも喜んでくれるでしょう。どのメニューを残すのかは、また相談しよう」

「承知しました」

「白石さん。もっと自信を持ってね。これは業務命令です。君は自分で思うよりも、ずっと素晴らしい人だよ」

今日の天堂さんは、いつになく優しい。私は引き受けた手前、「絶対に期待に応えるんだ」と気を引き締めると、朝食の支度に取り掛かった。


天堂さんの出社を見送った後、私はリビングのテーブルにＡ４サイズの紙と色鉛筆を置き、新メニューを考えることにした。十一時からメイクレッスンが入っていたが、珍しくお客さんの都合でキャンセルになってしまい、時間に余裕が出来たのである。

起床した那津さんにその旨を伝えると、「じゃあ俺は、スタジオで踊ってくるわ」と言って出掛けてしまったので、この家に残っているのは私ひとりだ。

穏やかな日中の光を感じながら、これまでこの店で出会ってきた人々の顔を思い浮かべる。笑顔が可憐《かれん》な少女のようだけれど、どこか寂しげな麻子《あさこ》さん。図々しく厚かましいけれど、放っておけない日菜子さん。天堂さんの占いから数週間後、「自分に自信が持てるメイクを知りたい」という理由で那津さんのレッスンを受けに来てくれた、萌美《もえみ》さん。ほかにも那津さんの熱心な女性ファンや、天堂さんの占いに定期的に通ってくれる人達が、何人もいる。

レストランが再開するからといって気合を入れすぎず、これまで出会ってきたお客さん達が楽しくて温かい気持ちになれるような、そんな料理を提供したい。

そう思った私は、まず黒い色鉛筆を手に取り、紙に大きな長方形を描いた。これが、お皿になる。次に薄緑の色鉛筆を手に、皿の左に寄せてアスパラを二本、縦に描く。その時点では自分でもどのようなメニューになるのか、まだイメージが出来ていなかった。

イラストを俯瞰《ふかん》すると、今度は濃い緑が欲しくなる。そこで深緑の色鉛筆を手に取り、塩茹でにした菜の花のイメージで緑の山を描いた。葉脈のひとつひとつまで、丁寧に。その時点で、薄い緑と濃い緑の対比が美しい。しかし、食感を考えると、まだ他の食材が欲しかった。次は、皿全体にちりばめるように空豆とスナップエンドウを幾つか描く。複数の緑系の色鉛筆を使って濃淡を表現すると、立体感が増していった。

その瞬間、新メニューが定まった。

これは、サラダではない。全ての野菜を温かいまま出すのだ。

そう決めると心が躍り始め、今度は茶色やベージュ、オレンジを用いて皿の中央に角切りの新じゃがを描く。全体的に透明感を出すため、白と灰色の色鉛筆を使って、新じゃがの上に半透明の新玉ねぎを重ねて描いた。

まさか紙の上で、レシピが完成するなんて。こんな風に想像を膨らませながらメニューを考えるのは、初めての経験だった。

次に赤やピンクを用いて薄切りにしたパンチェッタを描き、皿の右側に配置する。図らずも緑とピンクの対比が、今の季節にぴったりな桜の木のようなデザインになった。この際、本物の桜を料理に載せるのもアリかもしれない。そう思い、桜の塩漬けを思い描いて、上からピンク色を少し載せる。

最後にパルミジャーノ・レッジャーノをイメージして複数のクリームカラーで全体を点描し、レモンの皮をイメージした黄色を散らせば完成である。

「温野菜　春の香り」

実際に作る時は、ここにオリーブオイルをかけよう。そう決めると、何だか今にもレモンの爽やかな香りが紙の上から匂い立つ気がする。これならお客さんも喜んでくれるだろう。そう確信した。


再開初日は、午前中から仕込みに追われた。

まずは近所の人気パン屋でバゲットをまとめて数本購入し、次にX市野菜即売所に向かい、インゲン豆とアスパラを買った。玉ねぎおばさんは、どこで聞きつけたのか「お嬢ちゃん。今日からお店、再開だって？　頑張ってね」と言うと、菜の花を三束もサービスしてくれた。

店に戻ると、さっそくインゲン豆の煮込みを作り、鶏のレバーとスパイスを数種類混ぜた田舎風パテも仕込んでいく。忙《せわ》しなく動いているうちに、発注していた鯛が届いたので、カルパッチョ用に捌き、下処理を行った。

那津さんも天堂さんも野菜の皮を剝いたり洗ったり、臨機応変《りんきおうへん》に動いてくれて助かったが、私は初日を迎える緊張のあまり、感謝の気持ちを伝える余裕がなかった。

店内の掃除を済ませ、各席にカトラリー類をセットしたのが十七時五十五分。開店五分前と、ギリギリだった。

十八時ちょうどに扉が開く。最初のお客さんは誰だろうと思いながら目をやると、そこには麻子さんが立っていた。

「いらっしゃいませ」

「あら、私が一番乗りね」

そう言って微笑む彼女は、淡いブルーのコートを羽織っている。普段はビビッドカラーのツイードジャケットを着ているイメージなので、珍しいと思った。

「麻子さん。今夜も素敵ですね」

そう声をかけると、彼女は「今日、十人目の彼とデートだったの。彼がこういう服装が好きなのよ。天堂君の占いのアドバイス通りに駆け引きをしたら、向こうから告白してきてくれたわ」と言って、嬉しそうに一番奥のカウンター席に座る。

すかさず天堂さんは私の横で「ブラボー！」と言って拍手を始め、ホールでスタンバイしていた那津さんも小躍りを始めた。まったくこの人達は、なんて陽気なのだろう。

オーダーの入った温野菜の調理に取り掛かると、再び店の扉が開く。

「……こんばんは。来ちゃいました」

そこには、萌美さんの姿があった。彼女も今夜は雰囲気が違う。普段は肩で切り揃えられたストレートヘアが印象的だが、ゆるやかなウェーブヘアにしているのだ。

私はあえて外見の変化に言及しなかったが、那津さんは容赦ない。彼は萌美さんを見つめると「俺が伝授したゆる巻き、実践してくれてんじゃん。三日月形の眉も、下唇に重心を置いたピンクのリップもスゲー似合ってる。さすが俺。ちょっと写真、撮っても良い？　俺が指導した作品の成功例として、残しておきたい」と言ってエプロンのポケットからスマホを取り出し、彼女の顔をあらゆる角度から連写する。

照れながら撮影に応じる萌美さんを横目に、私は勝手にカチンときた。

「那津さん。たしかにメイクを教えたのは那津さんですが、努力してテクニックを自分のものにしたのは萌美さん自身じゃないですか。なのに、俺が、俺がって。配慮がないです。とくに『作品』って言い方は、よくないと思いますよ。女性は、物ではないんですから」

すると、萌美さんと那津さんは意外な反応を示す。二人は顔を見合わせ、笑い出したのだ。

「何が可笑しいんですか？　私、大真面目に言ったんですけど」

慌てて問いただすと、那津さんは私のモノマネをしながら言った。

「『配慮がないです』って……。アンタ最近、本当は気が強いことを隠さなくなってるよな。ごめん。たしかに今の言い方は、俺が良くなかった」

萌美さんも「葉《よう》さんって案外、ハッキリ言うタイプなんですね。頼もしいです」と続く。

私と彼女は「サレ妻」と「夫の元不倫相手」という最悪な出会い方だった。しかし、近頃は少しずつお互い本音が言い合えるようになり、密かにそのことを嬉しく思っていた。

そんな彼女に「気が強い認定」をされたことで、恥ずかしくなる。そのまま笑ってやり過ごすと、私は厨房で調理作業に没頭した。

その後も客足は途切れず、二十一時が過ぎた頃にはアラン・スミシーのメンバーが六人でやってきた。テーブルも含めて全席が埋まったが、厨房で天堂さんが「落ち着いていこう」と声をかけてくれたので、どうにかオーダーを取りこぼさず冷静に料理に集中できた。

初日は大盛況のうちに幕を閉じた。最後のお客さんを見送った後、私達はカウンター席に座り、スパークリングワインで乾杯する。炭酸の泡が、疲れた喉に心地よかった。

――大きなトラブルもなく、再スタートが切れた。私だって、やれば出来るんだ。

自己肯定感が高まり、わずかな達成感を覚える。こんなに気力が漲るのは久しぶりだった。

じんわり幸せを感じていると酔った那津さんが後ろからハグしてきたので「飲み過ぎです」と注意したが、内心では今日という日を無事に終えた喜びから私もハグを返したかった。ところが、安堵したのも束の間、一ヶ月後に事件は起こった。

その日は、朝からどんよりとした雲が空を覆っていた。「雨、降りそう」。そんな予感と共に仕込み作業を終えると、開店後まもなく、鬼の形相をした女性が店に入ってきた。

一瞬、麻子さんと勘違いをした私は厨房から満面の笑みを浮かべたが、そこにいたのは彼女の華やかさとは真逆の、地味な灰色のジャケットを着た母だった。

「……あ」

驚きのあまり私が呆然としていると、何も知らない那津さんがやってきて「ご新規のマダム。いらっしゃいませ」と言って母の手を取り、手前のカウンター席に案内しようとする。彼にしてみれば、普段通り軽快な接客をしたにすぎないだろう。しかし、母は不快な様子でその手を振り切ると、そそくさと一番奥のカウンター席に座ってしまう。

なぜ福岡に住む母が、ここにいるのか。もしや英治から頼まれた？　それとも、義父母から伝言を預かっているのか。頭の中に幾つも疑問符が浮かぶが、ひとまず声をかける。

「お母さん。その席、常連のお客さんが来るかもしれないから、ずれてくれない？」

「え？」

「その席は、いつも来てくれる麻子さんっていうお客様がよく座る席なの。きっと今夜も、いらっしゃると思う。だから、少しずれて座ってほしい」

ようやく状況を察した母は「あぁ、そういうこと」と言うと、バツの悪そうな表情をして、二つほど離れた席に身体ごと移す。

不穏な空気を感じ取った天堂さんが、「那津。お客様の上着をお預かりして」と厨房から指示を出すが、彼は私と母の顔を黙って交互に見つめている。数秒の沈黙がおとずれた後、先に口を開いたのは私だった。

「……えっと、心配かけてごめんなさい」

「葉。どれだけ私が心配したか分かる？」

那津さんが「まーまー。初めまして。葉のお母さんですか？　やっぱ親子だなぁ。似てるわ。まずは何か飲むなり食べるなりして、落ち着きましょう。コイツの料理は絶品ですよ」と割って入るが、母は怪訝な表情を浮かべる。娘のことをコイツ呼ばわりされたことが、気に入らなかったのだろう。混沌とした空気から救ってくれたのは天堂さんで、彼は母のもとに向かうと、深々と頭を下げた。

「お母様。初めまして。この店、Maison de Paradise のオーナーの天堂拓郎《たくろう》と申します。先ほど来店時に無礼を働きましたのはホール担当の那津と申します。大変失礼致しました。改めまして白石さんには、いつもお世話になっております。本来であれば、早々にご挨拶をするべきところ、遅くなってしまい申し訳ございません」

母はその勢いに圧されたように会釈を返し、「葉の母、雪子《ゆきこ》と申します」と名乗る。こうしている間にも他のお客さんが来る可能性があるため焦った私は、ひとまず彼女に言った。

「詳しいことは後で話すとして、お腹は空いてる？　ペペロンチーノならすぐ出来るけど」

「じゃあ、いただくわ。それより葉、今日は何時に仕事終わるの？」

「え？　二十三時に閉店するけど、その後、片付けがあるから……」

その時、店の扉が開き、麻子さんがやって来た。今夜も艶やかな髪をなびかせて、胸元が開いたワンピースを着ている。肉感的なバストは同性の私でもドキッとするほどセクシーで、魅力的だった。

彼女は先客の母に微笑むと、いつも通りに一番奥の席に座り、お気に入りのワインを頼む。それから幾つかのサイドメニューを注文すると、ホールで動く那津さんに惚気《のろけ》話を始めた。

「昨日までサバンナにいたの」

「また唐突だな」

「もちろん夫には内緒で。十人目の彼、あぁ、フランス人なんだけど、彼と野生動物を見るツアーに参加したのよ。現地でも彼が凄く優しくてね。もう最高だったわ……」

那津さんはワインクーラーから取り出したボトルの栓を開けながら、「カジュアルにサバンナでデートするなんて、流石《さすが》セレブだな」と言って、興味津々に彼女の話を聞いている。

「那津。私の最高の旅路、最後まで聞いてくれない？」

「もちろん聞くよ。どこまででも、どうぞ」

母は麻子さんを横目で見ている。一体どこまで、彼女の話を理解しているのだろうか。

それから数分後。母のペペロンチーノを作り終えると、今度は髪を青く染めたジェイさんがやって来て、入り口からほど近いカウンター席に座った。母は彼のことも実にさりげなく、しかし、しっかりと物珍しそうに見つめていた。

麻子さんもジェイさんも、ここまで視線を感じて疑問に思わないはずがないが、「あちらに話しかけられるまで、こちらからは執拗に絡まない」という都会の振る舞いを徹底しており、私は娘として頭が下がる思いだった。

続々と客足は伸び、あっという間に満席になる。

遅い時間からはアラン・スミシーのメンバーや萌美さんもやってきて、店内はさらに賑やかになった。母だけが浮かない表情をしているが、私は忙しくて彼女のケアをしてあげることが出来ない。

それどころか今夜に限って、萌美さんに恋人が出来たというホットトピックが駆け巡り、方々から「キスは上手だった？」とか、「抱かれた感想は？」とか場末のスナックのように猥《わい》雑《ざつ》な言葉が常連同士で飛び交い、私はますます彼女の置かれた状況が心配になった。

何度か萌美さんと店で顔を合わせているジェイさんも興奮し、「お祝いに踊ったげる」と言うと立ち上がり、那津さんに店内のＢＧＭを変えるように指示を出す。

その後、すぐマドンナの『ライク・ア・ヴァージン』のイントロが流れ、ジェイさんと那津さんが向かい合う。彼らが即興ダンスを踊り始めると、店内のテンションは最高潮に達する。

普段なら御多分に洩《も》れず私もパフォーマンスに魅了されるのだろうが、今日は母が気になる。

案の定、彼女を見ると「一体、何が始まったの？」と言わんばかりに顔を引き攣らせていた。

お客さん達がダンスに見入っている間に、私はこっそりと母のもとに向かう。

「なんか今夜は騒がしくてごめんね。ちなみに、もう遅いけど、帰りはどうするつもり？」

先ほどからずっと懸念していたことを尋ねると、彼女からは予想外の返事がきた。

「今日中に貴方を連れて福岡に帰ろうと思っていたから、宿は取ってないの。帰りの飛行機も新幹線も間に合わないし、いっそのこと野宿でもしようかしら。それか、葉の家に泊めてくれる？」

「え⁉」

まさか私は齢《よわい》三十四にして、本気で実家に戻されようとしていたとは思いもしなかった。

「お母さん。冗談でしょ。今さら連れて帰って、どうするのよ？　私だって、ここでの生活があるし……。そもそも、なんでこの店の場所が分かったの？」

「この店を私に教えてくれたのは、葉自身よ。覚えてないの？」

「え？」

「葉が英治君と住む家を飛び出して、すぐあちらのお母様からご立腹の連絡がきて。慌てて私が貴方に連絡したら、店の名前だけ送ってきたんじゃない。でも、お店がどこにあるのか分からなかったし、その後、貴方から連絡はないし。お父さんに助けてもらいながら、どうにかグーグルで調べたのよ。私一人で東京に出てくるだけで、大変だったんだから」

言われてみれば私は、混乱の渦中にありながら、心配はかけまいと母に店名だけ知らせていた。しかし、この数ヶ月、あまりに大きな環境の変化が起こり、日々の仕事に忙殺され、逐一《ちくいち》、彼女に状況を説明しているどころではなかった。

　男性二人と住むことになった経緯を説明できる自信もなく、最近では彼女から連絡が来ても、既読スルーをしていた。それは、私自身の落ち度である。

「葉。たしかに貴方が作ってくれたペペロンチーノは美味しかったけど、ここの生活って言っても所詮、ただの雇われ料理人でしょう。私と実家に帰るのが嫌なら、早く英治君のところに戻りなさい。今なら向こうの親御さんだって、きっと許してくれるわよ。私はね、貴方のことが心配だから言ってるの」

　母の表情が以前よりも随分と頼りなくなった気がして、胸が締め付けられる。続けて彼女は言った。

「私だって、娘が素敵な旦那さんと結婚したから東京へ出したのに、別居してフリーター生活を送ってるなんて、とてもじゃないけれどご近所さんにも親戚の人達にも言えないわよ。親しい人に顔向けできないことは、お願いだからしないでちょうだい」

　その言葉を聞いた瞬間、マドンナの歌声も、厨房の換気扇の音も、お客さんの歓声も全ての音が聞こえなくなった気がした。

　そうか。この人は、娘より自分の体裁が大事なのだ。昔から、そういう人だった。悪気はないが常識を重んじ、こちらの気持ちを一切考えない。少しでも信じた私が馬鹿だった。

　変わらず騒がしい店内で、「ライク・ア・ヴァージン！」と若き日のマドンナの声が流れる。

「私がどんな思いで結婚生活から逃げ出したか分かる？」

　そう言って母の胸ぐらを掴み、訴えたい衝動に駆られるが、決してそんなことは出来ない。言葉に詰まっていると、厨房にいた天堂さんが私達のもとにやって来て告げた。

「お母様。先ほどからご事情は聞いておりましたが、今の言葉だけは聞き捨てなりません。白石さんは立派にこの店の戦力として働いてくれています。毎日、必死に彼女なりの課題を見つけ、壮絶な努力を重ねています。そうした姿を僕はいつも近くで見ておりますので、どうかご理解下さい。そして、もうひとつ」

　私と母は、同時に彼の顔を見る。

「今夜はもう遅いので、宜しければ、うちに泊まって行って下さい」


　店内の片付けに奔走しながら、私は憂鬱な気持ちだった。これから、ここ数ヶ月の経緯を母に説明しなければならない。

　以前、英治のモラハラに悩んでいた時、一度だけ電話口で弱音を吐いた際、「でも、生活費は入れてくれてるんでしょ？　感謝しなさい」と言った彼女のことである。どれだけこちらが懸命に説明しても、「それでも、夫のもとに帰りなさい」と言われるに違いなかった。

　使用済みのグラスを洗い、各テーブルを拭き、ゴミ出しを終えて、全てのクローズ作業を終える。

近頃はここから、那津さんと天堂さん、私でその日の営業について反省会をしながら夜食をつまむことが定着していたが、今夜はすぐに母を二階の住居スペースまで案内した。

食卓で向き合って座る。天堂さんは奥のローテーブルの前で正座をしており、那津さんはソファーで寝そべりながら私達を見守っていた。先に、母が口を開く。

「葉は今、この人達とここに一緒に住んでいるの？」

「うん」

「お風呂や寝室は、どう分けてるの？」

「お風呂は共同で、寝室は私だけが別」

「……葉だけが別？　ってことは、彼らは一緒？」

困惑した声を出す母に向かって、那津さんが言った。

「まどろっこしいんでハッキリ言います。俺とオーナーはデキてるんです。そういう関係なんです。だから、寝室も一緒。状況が理解できましたか？　おい、おっさんも何か言え」

突然話を振られた天堂さんは、「え？　まぁ、そういうことです」と言うと、照れたように鼻の頭をぽりぽりと掻く。

「葉、ごめん。頭の中を整理したいから、お水をちょうだい」

母は目を瞑り、こめかみを押さえる。言われた通り私は、キッチンに向かうとグラスに水を注ぎ、彼女の前に置いた。

「あのね、お母さん。私、英治との暮らしに限界を感じて半年くらい前にこの店に逃げてきたの。前にもちょっと電話で話したけど、彼、モラハラが凄くて。精神的に限界だった。でもね、このお店に住み込みで働くようになって、毎日楽しいのよ。好きなことで働いて、笑ってご飯が食べられるようになって……」

その瞬間、食い気味に母が言った。

「分かったわ。洗脳《せんのう》ね」

「はい？」

私、那津さん、天堂さん。三人同時にユニゾンする。

「葉は、この人達に洗脳されているんでしょう？　そうじゃなきゃ、おかしいわ」

「……何それ。本気で言ってる？　天堂さんと那津さんに失礼なこと言わないでよ」

「あぁ。それか、ルームシェアってやつ？　でも、そのうち二人が同性のカップルでしょう？それで貴方は貴方で、別居中とはいえ、夫がいる身。やっぱり、なんだかよく分からない。貴方達、どうかしてるわよ。英治君が興信所にでも頼って葉の居場所を突き止めたら、たとえ勘違いでも訴えられるリスクがあるっていうのに、仲良しごっこ？　世間様は納得しないわ。恋人でも家族でもない男女が、ひとつ屋根の下で一緒に住むなんて」

そう言って一気にまくし立てると、溜息をつく。いよいよ那津さんがキレた。

「お前さ。さっきから黙って話を聞いてたら、何なんだよ。自分の価値観に合わない世界のことは受け入れないってか？　露骨に不機嫌な表情をしやがって。自分の娘が、夫のモラハラでどれだけ苦しんでここに逃げてきたと思ってんだよ？　それと、俺と天堂がカップルであることは、この辺の人なら誰でも知っている周知の事実。悪いけどラブラブ。自分の視野が狭いからって、人の幸せにケチつけるんじゃねぇ。多様な価値観について学んでからモノを言え、モノを。もし自分の不勉強さを年齢のせいにしたら、タダじゃおかねぇぞ」

彼は、かつて見たことがないほど恐ろしい形相をしていた。しかし、母は余計パニックになったようである。

「とにかく、葉。今からでも一度、英治君のもとに行って私と一緒に謝ろう。それが嫌なら今夜は近所にホテルを取って。そこに私と泊まって、明日の飛行機で福岡に帰ろう。その後のことは、そこからゆっくり考えれば良いわよ。ね?」

母は立ち上がると、私の手を摑んで一階へ降りようとする。

「落ち着いて。洗脳でもなんでもない。私は自分で選んで、ここに居させてもらっている。この場所で、本当の自立がどういうことか考えてる。それを今、少しずつ実現することが出来てすごく楽しくて、嬉しくて……」

そこまで言ったところで、涙が出る。どうして泣いているのか自分でも分からないが、おそらく私は思っていた以上に、この店とこの人達を愛している。だからこそ母に否定されて、ショックを受けたのだ。

気まずい空気を制するように那津さんが「こんなに古臭い母ちゃんに育てられた葉が気の毒だけど、今日はもう休戦。お互い疲れたし、全ては明日考えよう。俺らの部屋に来客用の布団が一組ある。それを葉の部屋に運ぶから、それで寝て下さい」と言って、欠伸をひとつした。

結局、母は私の部屋で眠ることになった。

ハードな話し合いを終えた後にもかかわらず、那津さんは布団を私達の部屋に届けると「ちょっと一杯だけ飲み行って来る」と言って外出してしまう。天堂さんも私達を気遣うように「僕は明日シャワーを浴びます。おやすみなさい」と言うと、早々と就寝してしまった。

私は自室で母の荷解きを手伝う。とはいえ彼女は、本当に何も宿泊の準備をしておらず荷物が少なく、改めて今夜のうちに私を連れて帰ろうとしていた無謀《むぼう》さを感じた。

奇しくも半年前、この店を初めて訪れた日から住み込むことになった自分を思い出し、母娘で同じ血が流れていることを痛感する。

母に長袖シャツとズボンを貸し、脱衣所でバスタオルも出してやり、先に浴室でシャワーを浴びてもらう。その後、私もシャワーを浴び、床につく頃には深夜一時になっていた。

二組の布団を並べて灯りを消し、暗くなった室内で私は呟く。

「嫁入りしたら、夫の家族に尽くすことが妻の使命、か」

「何よ。急に」

「結婚前に言われて印象的だった、お母さんの言葉。それで私、毎年お正月は英治の家族との時間を優先したのよ。ひたすら向こうの親戚の集まりに参加して、お義父さんや叔父さんにビールをお酌させられたけどね。あ、そういえば、酔ったお義父さんにお尻を触られたこともあったな。英治に言ったら、『葉ちゃんが隙のある顔をしているからいけないんだよ』って、なぜか私のほうが悪者扱いされたけど」

「……たしかに私、そんなことを言ったかもしれない」

母が少しだけ心配そうな声を出す。

「お母さん。心配かけてごめんね。良い歳して親に迷惑かけて、私って本当にダサいよね。でも最近ね、人生で一番楽しいんだ。それだけは本当」

もう心の内を明かすことは避けようと思っていたのに、つい本音が出る。やや間があって、母は言った。

「私の時代は、結婚が全てだった。二十代半ばまでに結婚しないと行き遅れだって、周りに言われて。だから結婚以外の選択肢なんてなかったし、自分探しなんてしたことないわ」

ふと小さな頃、毎晩父が会社から帰ってくるのを待って夕食を食べさせられていたことを思い出す。幼い私が早く食べたいと駄々をこねても、「お父さんが会社で働いてくれるおかげで、私達はご飯を食べられるの。だから、先に食べてはいけません」と言うのが彼女の口癖だった。

しばらく沈黙が続いた後、母は言葉を続ける。

「そういう意味で、今は良い時代になったのね。でも、男女平等なんて言うけれど本当にそうなのかしら？　未だに女の人は男の人に比べてお給料も少ないっていうし、いくら頑張ってもたかが知れてるわよ。旦那さんの稼ぎで生活をして、家庭を守るほうが幸せに決まってる。大体、葉にしたって、お給金は幾ら貰っているの？　どうせ大した金額じゃないでしょう？」

「分かった。分かったから、今夜はもう寝よう」

もう何も聞きたくなくて、目を閉じる。眠りに落ちる間際、母はもう一言、付け加えた。

「やっぱり私は、英治君といる時の葉が好きだったな。あの頃の貴方、すごく綺麗だった」


翌日。目が覚めると、隣で眠っていたはずの母の姿がない。枕元の時計を見ると、まだ朝の五時半だった。

彼女の布団は綺麗に畳まれ、リビングで那津さんが「雪子さん」と母の名を呼ぶ声がする。てっきり二人が昨夜の言い合いの続きをしていると思った私は、慌てて飛び起きて部屋の扉を開ける。しかし、そこには意外な光景が広がっていた。

なんと母が私のエプロンを身に付けてキッチンで料理をしており、隣には頭にヘアバンドを巻きつけた那津さんが笑顔で立っていたのだ。二人は私に気づくと、ほぼ同時に言う。

「葉、おはよう」

和やかな雰囲気に気圧されたまま、私はかろうじて返事をする。

「おはよう……ございます」

「なんだか狐につままれたような顔してるな。寝癖も爆発してるぞ」

那津さんがそう言って、くすくすと笑う。たしかに起き抜けの酷い状況ではあるが、今は自分の身なりなど気にしている場合ではない。

「あの、二人はなぜ仲良くキッチンへ？　昨日、激しく言い合ってませんでしたっけ？」

思い切って率直に尋ねると、彼は母のほうをちらりと見て言った。

「今朝、酔っ払って帰ってきたら雪子さんとリビングで遭遇して。『お腹、空いてる？』って聞かれたから、冗談半分で『空いてます。味噌汁が飲みたい』って俺が言ったら、本当に冷蔵庫にあるもので作ってくれた。具材は大根と蕪の葉っぱ、それから豆腐。そこからはご覧の通り、和気《わき》藹々《あいあい》モードよ。嬉しかったな。人が作ってくれる味噌汁って、なんでこんなに美味いんだろうな。既に二杯は飲んだけど、永遠に飲めるわ」

彼の言葉に被せるように、母は言う。

「毎朝お父さんと自分の食事を作っているし、普段と同じことをしただけよ。葉が冷蔵庫に沢山の野菜を入れておいてくれたおかげで、食材にも全然困らなかったし」

彼女は顔色ひとつ変えない。それどころか、まな板の上で淡々と何か切っている。

次の瞬間、さらに驚いた。よく見ると母の髪はブローされており、頬には可憐にチークが塗られているのだ。心なしか、唇もグロスで輝いている。

「お母さん。いつの間にメイクしたの？　っていうかメイク道具なんて、持ってたっけ？」

思わず質問すると、母の代わりに那津さんが言った。

「味噌汁作って貰ったお礼に、さっき俺が向こうのテーブルで軽くメイクさせてもらった。最初は『勘弁して』って拒否られたけど、結局はご覧の通り、されるがままよ。雪子ママ、綺麗だろ？」

　そう言って、彼は少年のようにニッと微笑む。たしかに奥のローテーブルに、那津さんのメイクセット一式が置かれている。

〈雪子ママって……〉

　昨日は母のことを「お前」呼ばわりしていたのに、雲泥《うんでい》の差である。――那津さんは得意技を駆使し、自ら母に歩み寄ったのだ。あれだけ言い合っていたのに、なぜそんなことをしたのだろう。彼は、私の思いを見抜いたように言う。

「昨日あの後、俺なりに考えた。なんで雪子さんは、はるばる葉に会いに来たんだろうって。そうしたら、よく考えれば当たり前だけど、そりゃあ母親は娘が幾つになっても心配だよなって思い直して。俺、その気持ちをよく分かってあげられてなかったって反省した」

　彼は、優しい瞳で母を見つめる。その瞬間、彼女が頰を染めたことを私は見逃さなかった。

「葉。とにかくいいから、顔洗ってそこ座りなさい。あと少しでお米も炊けるし、おかずもすぐ出来るから」

　まるで照れ隠しのようにこちらに指図する母に、拍子抜けする。何はともあれ、言われた通りに私は洗面所で顔を洗い、身なりを整えてから食卓についた。

　天堂さんも起床して、キョトンと不思議そうな表情で私の隣に座る。

「白石さん、おはよう。なんだかお母様と那津、仲良くなっちゃってる？」

そう耳打ちをしてきたが、「……そうみたいです。那津さんって天性の熟女キラーですね」と返すしか、為す術《すべ》がない。

天堂さんがシャワーを浴び終えるのを待って、四人で朝食を囲むことになった。

食卓に並ぶ白米や味噌汁、母の得意料理である筑前煮《ちくぜんに》を眺めながら不思議な気持ちになる。母が住む世界と、天堂さんや那津さんが住む世界が交錯《こうさく》することはないと思っていたのに、こうして食事を共にしている現実が信じられなかったのだ。

那津さんは徹夜明けだというのに疲れを微塵も感じさせず、ガツガツ筑前煮を頬張る。その姿を見て、母はさながら彼の本物の母親のように、「ゆっくり食べなさい」と言い、笑っていた。殺伐《さつばつ》とした昨夜から一転して穏やかなムードになり、つい油断した私は「お母さんも、ここに住んじゃえばいいのに」と冗談を言う。しかし、その途端、彼女の顔つきが変わった。

「お父さんも放っておけないし、今日家に帰るわ。でも、その前にハッキリさせたいの。葉は、本当に英治君と離婚するつもりなの？」

母は使っていた箸を食卓に置くと、改まった表情でこちらを見つめる。

「……うん。今はまだ連絡をとっていないけど、いずれ離婚したいと思ってる」

「それは考え直してほしい。貴方は英治君と住む家に帰ったほうが良いと思う」

彼女の考えは、昨夜から何も変わっていなかった。直前まで美味しく朝食を味わっていたが、再び気持ちが沈む。思い切って私は告げた。

「じゃあ、私もハッキリさせて良い？　私って、なんでもお母さんの言うことを聞くロボットだと思われてる？　もう三十過ぎてるのに、自分の人生を謳歌することが許されないの？」

その瞬間、食卓が不穏な空気に包まれたのが分かった。しかし、もう全てどうでもいい。

「何言ってるの？　私は貴方のことを思って……」

「もう良い加減にしてくれないかな？」

気がつけば立ち上がり、自分でも信じられないほど大きな声を出していた。

「昨日から何？　やれ『所詮、ただの雇われ料理人でしょう』とか、『親しい人に顔向けできない』とか。お母さんの言うことは全部、私のためじゃなくて周りから見た自分のためでしょ？」

天堂さんも那津さんも、驚いた表情をしている。しかし、もはや自制が利かなかった。

「ずっと、人に振り回されてきた。結婚する前はお母さんに、結婚してからは英治に。私、もう三十四歳だよ。他人のために生きているうちに、こんなにおばさんになっちゃった。今から自分の人生を生きたって、誰も文句は言えないでしょ。私さ、心が空っぽなの。人の目ばかり気にして生きてきたから。自分がどんな人間で、どんなものが好きで、どんなことをやりたいのか、この歳になっても全然分からない。これからはもっと自分のために生きたい」

言いながら涙が止まらず、鼻水も垂れ流れ、今の私は間違いなく醜いだろうが、もはや一向に構わなかった。天堂さんが私の右手を、両手で優しく包み込む。そこで初めて、自分の手が小さく震えていたことに気づいた。

「白石さん。ゆっくりと深呼吸できる？　少しだけ落ち着きましょう。君の伝えたいことは、よく分かったから」

彼はまるで幼い子を見つめるような眼差しで私を諭す。そのおかげでようやく我に返るが、涙は止まらなかった。黙って聞いていた母が口を開く。

「それでも、英治君と仲直りしてほしいの」

「……お母さん。今の私の話、聞いてた？」

「聞いてたわ。でもね、女性が一人で生きていくのは大変よ。本当に男性と同じくらい稼いで自活していけると思う？　今は彼らの居候だからいいけど、自分で家賃や光熱費を払っていける？　そんなこと貴方にできる？　なぜ危険な道に進もうとするの？　せっかく帰るべき場所があるのに。もっと男の人に守ってもらえば良いじゃない」

その瞬間、現実を突きつけられた気がした。返事に迷っていると、那津さんが心配そうに母の背中をさすり始める。

私は天堂さんに、母は那津さんにケアされて、かつて経験したことのない言い合いをしている。そう思うと情けなくなってくる。私達は親子なのに、他者を介さなければ、互いに意思疎通を図ることさえ困難なのか。

「できるわよ。今だってこの店で働いたお金はほとんど貯金してる。天堂さんも那津さんも協力してくれるし、全然怖くない。何より私はお母さんみたいに、男の人に寄りかかる生き方はしたくない。少し前までの私もそうだった。でも、それって結局、誰かに寄生《きせい》して生きてるじゃない。そんなの自分の人生って言えるの？」

その瞬間、母が立ち上がって私の頬を叩いた。せっかく那津さんが施してくれたマスカラが、涙で濡れていた。

「……痛っ」

私は最後の力を振り絞ると「私、今言ったこと全然後悔してないからね」と吐き捨て、自室に戻った。


どっと疲れが出て、そのまま私は眠りに落ちた。ひと眠りして目が覚めると少しは気分もマシになっていて、布団に包《くる》まりながら母の言葉を反芻《はんすう》してみる。

「今は彼らの居候だからいいけど、自分で家賃や光熱費を払っていける？　そんなこと貴方にできる？」

彼女の言う通りだ。本当は私自身、将来が不安なのだ。母は現実を直視させてくれたのに、プライドが傷つくあまり彼女を責めてしまった。自己嫌悪に陥り目を瞑っていると、扉をノックする音が聞こえる。

「俺。那津だけど。入っていい？」

今は誰とも話したくない気分だったが、どうにか返事をする。

「はい。どうぞ」

扉のほうに視線をやると、片手で小さなおぼんを持った那津さんが立っていた。

彼は私の枕元にやって来て胡座《あぐら》をかくと、「ほら。食え」と言い、おぼんに載せた筑前煮を箸で摘み、私の口に運ぶ。一連の流れがあまりに自然で、驚くことさえできなかった。

「アンタ。さっき、ろくに朝メシ食べてなかっただろ」

この期に及んで那津さんは私の空腹を心配してくれている。その事実に、また涙腺が緩む。

「なんかこのシチュエーション、見覚えがある気がします」

鼻を啜りながら私が言うと、彼は「おう。ステークアッシェ事件」と言って笑う。

今日の彼は、あの時のような意地悪はしない。私が食べやすいように人参や鶏肉を細かく箸の先で切って、ゆっくりと差し出してくれる。さすがに申し訳なく感じ起き上がろうとすると、「いいよ。まだ寝てろ」と言い、彼は私の肩を布団に押し戻す。

「ちなみに、さっき葉が雪子さんに言ってた言葉でひとつ違和感があったから、是非ここで指摘させてほしいんだけど」

「なんですか？」

「『私、もう三十四歳だよ。他人のために生きているうちに、こんなにおばさんになっちゃった』って言葉。あれは、良くない。自分で年齢の呪縛に囚われないほうがいい。自らババア呼ばわりするな。俺が前にアンタに言われた言葉を借りるなら、世の中の全三十四歳の人類に対して、配慮がないぞ。そう思わないか？」

思わず互いの目を見て、吹き出してしまう。

「ふぁ、ふぁい。すみません」

私はモゴモゴと口の中に食べ物が入った状態のまま詫びるが、彼は構わず言葉を続ける。

「たしかに雪子さんは子離れできてない。娘に干渉《かんしょう》しすぎ。でも、アンタもあそこまで爆発する前に、もっと自分の意見を伝えるべきだったんじゃねぇの？　言いにくいことも、向き合って伝えることが人間関係の基本だろ。誰だって突然キレられたら、そりゃあ驚くよ」

「……はい」

再び彼が口元に鶏肉を運んでくれたので、涙と共に味わう。しょっぱい味がした。

「でも、さっきは痛快だったな。あれだけ感情剝き出しの人間を見るなんて普段、滅多にないし。アンタと出会って、少しずつ人間が本来の自分に戻っていく姿を見せてもらっているような気がするよ。まあ、今日みたいに色々と事件はあるけど、それも含めて楽しいな」

那津さんが、そう言って笑う。

「ちなみに俺はアンタより歳下だけど、誰に対しても言いたいことはハッキリ言う。遠慮なんかしない。この世界は弱肉強食だから、少しでも遠慮したら他人に利用されると思ってる。それが俺の、生きる上での知恵。アンタも本当は気が強いし、これからはガンガン人と衝突していけば良いんじゃない？　今日がいい予行演習になったな。雪子さんが気の毒だけど」

彼の言葉は、いつも厳しいようで優しい。少し気持ちが落ち着いたところで、私は言った。

「ところで今は何時で、母は大丈夫でしょうか？　私、まだ時計も見てなくて。仕込みの時間もあるし、そろそろ動き出さないと……」

おそるおそる尋ねると今が正午で、二時間後の飛行機で羽田空港から福岡まで帰ることができるように天堂さんが母のチケットを手配してくれたことが分かった。

母は私と言い争った後も黙々と朝食を食べ続け、天堂さんと那津さんもそれに付き合ったらしい。

「お葬式みてぇな朝食だった。でも、俺らまでいなくなったら、雪子ママが可哀想じゃん」

そう言って笑う那津さんの姿を見て、改めて尊敬の念が湧く。彼は他人の弱さを受け入れ、常に物事を俯瞰している。そんなこと、誰にでも出来ることではない。天堂さんが二十個以上も年齢の離れた彼を信頼して良好なパートナーシップを築く理由が、少し分かった気がした。

「……私、いつか那津さんみたいな人になりたいです。どんなことも受け入れて、何事にもどっしりと構えられる人に。なれますか？」

つい思っていたことを口にすると、珍しく彼は照れたような表情をする。

それから、「やめろよ、急に。俺だって不完全よ。でも、自分の弱さは、自分が一番良く分かってるつもり。いつか俺が落ち込んだ時には、今度は葉が励ましてな」と言うと、少年のように笑った。

布団から起き上がり、残りの筑前煮を食べ終えると、私は那津さんと共に部屋を出た。リビング奥のローテーブルでは、天堂さんと母がタロットカードを手に楽しそうに雑談をしていた。

私が戻ってきたことに気づくと、母はさりげなく言う。

「葉。筑前煮の味、どうだった？　まだ感想を聞けてなかったから」

「うん。凄く美味しかった」

「そう。それなら良かった」

それだけのやり取りで、わずかに心が軽くなる。私達は和解した訳でもなければ、互いの考えを受け入れられた訳でもない。しかし、どれだけ理解し合えなくても、彼女の作ってくれた筑前煮は美味しかった。今はただ、それだけで良い気がする。

私と母がやり取りを終えるのを待って、天堂さんが言った。

「さて。そろそろ、お母様を僕の車で空港まで送ろうと思う。白石さんも乗っていくかい？」

「ありがとうございます。はい、私も見送りに行きます」

いつの間にかソファーに移動していた那津さんが、寂しそうに呟く。

「俺はダンスレッスンがあって、残念ながら見送りはパス。俺のメイクで綺麗になった雪子ママの姿を見たら、旦那さん、びっくりするだろうな。その姿は、ちょっと見たかった」

「そうね。せっかく那津君に綺麗にしてもらったし、早く帰ってお父さんに見せないと」

すっかり彼に心を許した母は、嬉しそうに同調していた。


私達は、天堂さんの運転で空港に向かった。彼の愛車であるレクサスに乗るのは、この日が初めてだった。私は助手席に、母は後部座席に座り、首都高湾岸線を走る。車内ではしばらく無言が続いた。口を開けば再び母と言い合いになる気がして何を話せば良いか分からず、それは彼女も同じ気持ちだったのだろう。しばらくして、母は言った。

「東京には色んな人がいるわね。旦那さんがいながら恋人とサバンナに行っていた女性も、髪の青い男の子も、自由に人生を楽しんでいるのが伝わってきて、なんだか羨ましかった」

その言葉を聞き、ふと母にも若い頃、夢があったのかもしれないと思った。今さらそんな考えに至る自分を、情けなく感じる。その時、天堂さんが言った。

「白石さん。悪いんだけど、これをお母様に渡してくれないかな？」

彼は片手でハンドルを握り、もう一方の手で天井部に設置されたサンバイザーを指差す。そこには、手のひらほどの大きさの袋が挟まっていた。私は彼の運転を邪魔しないように、そっと袋を取り出す。

「中身を確認して貰える？」

言われた通り袋を開くと、中には金色のネックレスが入っていた。ペンダントトップには、タロットカードの女帝の姿が彫られている。

ザクロ模様のゆったりしたドレスを纏《まと》い玉座に座る女帝の表情は荘厳《そうごん》だが、どこか優しい。彼女が右手に持つ笏《しゃく》には一粒のガーネットが埋め込まれ、光を取り込むたびにキラリと輝く。実に美しかった。

「あらまぁ。素敵なネックレスね」

後部座席から私の手元を覗いた母も、思わず感嘆《かんたん》の声を漏らす。

「昔、僕がロンドンを一人旅していた時、現地のアンティークショップで購入したんです。一目惚れでしたが、その後、身に付ける機会がなくて。僕が持っていても仕方ないですし、宜しければお母様に貰って頂きたいと思い、出掛けに家から持ってきたんです」

「え⁉」

私と母は、驚いて顔を見合わせる。

「そんな。いただけません」

母は困惑していたが、天堂さんは言葉を続けた。

「その店で買う時、店主が言ったんです。『このネックレスの前の持ち主は、誇り高く凜《りん》とした女性だった。いつか君も、そんな人に出逢ったら、このアイテムを譲る日が来るだろうね』って。僕は今日が、その日なんだと思います。少しの間ですが、お話をさせて頂いて、そう思いました。毅然と美しいお母様に、このネックレスはピッタリだと思います。大切なお嬢様をお預かりしているにもかかわらず、長らくご心配をおかけしていたお詫びでもあります」

どうするべきか迷い、再び母と目を見合わせる。彼女は少し考えたような表情をした後で言った。

「……じゃあ、お言葉に甘えて、頂きますね。でもお詫びの品としてではなくて、昨日今日と、あのお店で色々なことがあったけれど楽しく過ごした記念ということにしてくれますか？　天堂さん、これからも娘のことを宜しくお願いします」

そう言って、ネックレスを受け取る。

「承知しました。葉さんが独り立ちできるように、僕らも全力で支えます。結婚生活をどうするのか。……そこは彼女にしか決断できませんが、僕と那津も出来うる限り、精一杯、見守っていきたいと思います」

その後、空港の入り口に到着した。一時停車スペースに移動し、私と天堂さんは建物の中まで母を見送ろうとしたが、彼女はそれを制して言った。

「見送りは結構です。ここでいいわ。ここからは私だけの冒険。たとえ少しの時間でも自由を謳歌しなくちゃ。どうせ帰ったらお父さんの夕食の準備をしなくちゃいけないし、良い息抜きだわ」

「……え？　本当に一人で大丈夫？」

慌てて私が後ろを振り返ると、彼女は言った。

「私だって搭乗手続きくらい一人で出来るわよ。行きの飛行機だって出来たんだもの。最後に言わせて。やっぱり今の葉は、天堂さんと那津君に甘えていると思う。もっと今後のこと、しっかり考えて。離婚して生きていくとしても私を安心させてほしい。それだけが願いよ」

そう言って、さっさと後部座席の扉を開けてしまう。

「……分かった。色々と、ひとつずつ解決していくつもり」

私は心して、彼女からの最後の忠告を引き受ける。

「じゃあね。天堂さん、色々とありがとうございました」

母は、颯爽と扉を閉めて去っていく。私と天堂さんは、黙って車窓から彼女の姿を見守ることしかできなかった。

　再び車が動き出す。緊張感が薄れた車内で、改めて私は今の気持ちを天堂さんに吐露してしまう。

「さっき母から、『もっと今後のこと、しっかり考えて』って言われた時、鈍器で頭を殴られたような気がしました。手痛いクロスカウンターでしたけど、本当にその通りだなって」

「お母様、最後まで女帝のように厳しくも愛ある意見を白石さんに沢山ぶつけておられて、僕もさすがだと思ったよ」

「……ところで。今回のことで改めて思ったんですけど、那津さんって凄い人ですよね」

　天堂さんの顔を覗くと、彼は運転に集中しながら「なぜそう思ったの？」と、聞いてくる。

「あれだけ言い合った翌日に母の懐《ふところ》に軽々と入ったり、部屋に籠《こも》る私を気にかけてケアをしてくれたり。厳しい言動の裏に、愛があるというか。まだお若いのに、肝の据わり方が半端じゃないです」

　すると、彼は自分が褒められたかのように嬉しそうに言った。

「そうだね。僕も彼は凄いと思う。他に、彼の接客する姿を見て何か感じたことはある？」

「いつも圧倒されます。基本的にはチャラいですが、最終的にはどんなお客さんのことも喜ばせるし、だからといって媚を売るわけではなく、誰に対してもフラットですし。ホールもキッチンもしっかり見ながら、デシャップ業務も担ってくれて。その上、ハイヒールを履いてセクシーなダンスも出来るなんて、なんかもう凄すぎます」

「あはは。さすがに褒めすぎ」

熱い気持ちを一気に伝えたことが滑稽だったのか、天堂さんは可笑しそうに笑う。

その後、トンネルに入り車内が暗くなった瞬間、彼は「でもね」と、物憂げに呟く。

「今から言うことは、那津には黙っていてくれるかい?」

「え?」

「とてもデリケートな、彼のプライバシーに関することを言うけれど、これはMaison de Paradiseのオーナーとしてではなく、ひとりの若き天才をパートナーに持つ人間として、言わせてほしいんだ」

車内に緊張が走る。私は何を言われるのか見当もつかないまま、返事をした。

「……はい。分かりました」

「那津の母親は小学校に上がる前に病気で亡くなっていて、那津はその後、苦労の多い子ども時代を過ごしたらしい。父親は那津の容姿があれば金を稼げると思って、幼い息子を違法なキャバレーに立たせるようになって、毎晩遅くまでダンサーとして働かせたそうだよ。報酬は少しも本人には与えられず、父親のギャンブルに使われていたというんだから、最低だよね。前に、那津から直接聞いたんだ」

天堂さんがそう言った瞬間、トンネルを抜ける。雨がぽつぽつと降り出してフロントガラスにあたり、まるで空が泣き出したようだった。

雨粒のひとつひとつを見ながら私は、幼い那津さんが懸命にステージに立つ姿を想像して、猛烈に胸が締めつけられる。

「彼の物怖《ものお》じしないところや、大人びているところは、そんな幼少期の影響が強いと思う。もちろん僕は彼のそういうところも大好きだけど、せめて一緒に過ごす時間は、伸び伸びして欲しくて心血を注いでいるってわけ。まあ、僕のちっぽけな努力なんて、鋭い彼には全てお見通しだろうけどね」

そう言うと彼は、一瞬だけ、ちらりと私のほうを向いて寂しそうに笑った。

那津さんは厳しい人生の荒波をくぐり抜けるため、あえてあの複雑なキャラクターを作り上げていたのか。そう思うと、なんだかやるせない気持ちになる。

あっという間に私達は店に戻ってきた。私は天堂さんに丁重《ていちょう》に礼を伝え、車から降りる。さっそく夜の営業に向けて準備を始めるが、脳裏から那津さんのことが離れなかった。


普段より一時間ほど仕込みの開始が遅くなり、私は駆け足で開店準備を進めていた。

今日は即売所に野菜を仕入れに行く時間もなかったので、玉ねぎおばさんに電話で連絡し、バイクで直接、店までアスパラやスナップエンドウなどを届けてもらった。

天堂さんも厨房でサポートに入ってくれて、手際良く食材の下処理をしてくれる。私一人ではとても開店時間に間に合いそうにないので、とても助かった。

十六時頃、業者からカンパチが届き、集中して捌き始める。英治と暮らしていた頃は、こうして堂々と一尾の魚と向き合うことさえ出来なかった。それを思えば、今は仕込みの時間すら楽園である。

途中、再び那津さんの過去が脳裏をよぎったが、その思いは掻き消して目の前の魚に集中する。それでも、なぜか胸騒ぎがした。

三十分ほど経過した頃、店の扉が開いた。てっきり営業中と勘違いしたお客さんがやって来たのかと思ったが、そこにはジェイさんの姿があった。

「どうしたんですか？　まだ開店の時間じゃないんですけど」

私がそう告げると、彼は神妙な面持ちでカウンター席に座る。

「開店前にご迷惑なことを承知でお邪魔したの。でも、今しか言えるタイミングがなくて。今、那津は店にいないでしょう。メンバー達とスタジオでダンスを踊っているはずだもの。私、彼と同じレッスンから抜けてきたのよ。葉さんと天堂君に伝えたいことがあって」

そう言って彼は、厨房で作業を続ける私と天堂さんを見つめる。その後、ひと呼吸置いて言った。

「最近、ちょっと那津の様子が変なのよ」

「え？」

ジェイさんが言うには、こういうことだった。

最近、那津さんの酒量がおかしい。明らかに増えている。酔うと絡み酒になるのは昔からだが、近頃は「俺は結局、天堂に甘えてばかりいる」と言ってその場で弱音を吐き周囲を困らせる。――そんな内容だった。ジェイさんが語る那津さんの姿は、普段の飄々《ひょうひょう》とした様子からは想像ができないものだった。

「あれだけナーバスな那津を見るのは初めてだし、なんだか忍びなくて。心当たりある？」

そう言ってジェイさんは、神妙な表情をする。

先ほど車内で聞いた那津さんの過去と関係がある気がして、なんとなく言葉に詰まる。

思わず隣の天堂さんを見ると、彼は少し考えた表情で「ジェイ。来てくれたのにごめん。僕にも理由が分からないんだ」とはっきり言う。

それから「教えてくれてありがとう。何かあったらすぐ共有するよ。でも今は一旦、開店準備に集中しないと」と言って、暗に今日のところは引き取るようジェイさんを促した。

どれだけ那津さんが心配でも、まずオーナーとして目の前のことに集中する。その判断は、私も正しいと思った。

「分かったわ。突然ごめんなさいね。余計な心配を増やしてしまったかもしれないけれど、なんだか早く伝えたほうが良いと思って。大事なことだから、直接会って伝えたかったの」

そう言ってジェイさんは、心底申し訳なさそうな顔をする。

「いや。那津の心が不安定なのは、話を聞いて間違いないと思った。本来なら、一番近くにいるはずの僕が彼の異変に気づかなければいけないのに……。不甲斐なくて申し訳ない」

彼はそう言うと、ジェイさんを店の入り口まで送る。その後、私達は仕込みを再開したが、互いにどこか集中できなかった。

さらに、不穏なことが起きた。普段はどれだけ遠出していても開店三十分前には店に戻り、支度を始める那津さんの帰りが今夜は遅かったのだ。どれだけレッスンが長引いたとしても、この時間まで彼が店にいないことは滅多にない。

ようやく開店五分前に彼が帰ってきたが、あろうことか酒に酔い足元がおぼつかない。

「ごめん。レッスンの後、ちょっとだけ飲んでた。でも大丈夫。仕事はしっかりやるから」

そう言ってへらへらと笑う彼の表情は、視線が定まっていない。

「那津。普段はどれだけ酒を飲んでも、ダンスに励んでも構わない。だけど接客業のプロとして、こんな状態でお客様をお迎えすることは、君の美意識に反するんじゃないかい？」

天堂さんが怒った声を出すが、彼はレジ横のバックヤードでエプロンを身に付け、鏡で髪をセットしながら「はい。おっさん。すいませーん」と適当な返事をしている。

それだけではない。彼は天堂さんを煽るように「でも、俺も言いたいことがあるんだけど」と付け加えると、挑発するように言った。

「Maison de Paradiseに来るお客さんのほとんどは、俺のファンじゃん？　ってことは、俺が楽しくて愉快な気持ちでいられるほうが、よっぽどお客さんにとって良いことなんじゃねぇの？　だったら、俺が注意される意味ってある？　別に酒くらい、飲んでも良くない？」

棘《とげ》のある言葉に、一気に店内の空気がピリつく。

「あぁ、そう。酒の力を借りて、一時の快楽に溺れて、理性も知性も失っている君のことをお客様全員が愛してくれると思っているんだね。それって、すごい自信だよ。いや、傲慢《ごうまん》とも言えるのかもしれないね」

　天堂さんが皮肉たっぷりに言うが、那津さんも言い返した。

「だから、大丈夫だって。どうせ店がオープンしたら、俺だってスイッチが入って、いつも通り良い感じにお客さんを捌けるに決まってんだから。厨房で簡単な料理のアシスタントをするしか能がない、足手まといのおっさんは黙って指咥《くわ》えて見とけよ」

　ゴーン、ゴーン。

　その瞬間、一時間に一回鐘を鳴らす店の時計が、十八時の鐘を鳴らした。まるで試合開始を告げるゴングのように。ひとしきり鳴り終えた後で、天堂さんが静かに言った。

「今、君は越えてはいけない一線を越えたね。誰が足手まといだって？　この店のオーナーは僕だよ？　今の発言は白石さんにも失礼だ。一体どうしたんだよ？　君らしくない。今夜はもう、二階で休んでくれ。接客は、僕と白石さんでどうにかするから」

　そう言って、オーナーとして〝強制退勤命令〟を下す。

　しかし、那津さんは「ここは俺の持ち場。誰にも譲らねえよ」と言うと、私達に背を向けてお客さんを迎える準備を始めてしまった。

　その後、すぐ麻子さんがやって来た。隣にはフランス人の青年を従えており、この男性が「サバンナの彼」であることは、一目瞭然だった。

　那津さんは青年の姿を見るなり、興奮した様子で言う。

「ちょっと、ちょっと麻子さん！　マジで良い男を捕まえたなぁ」

彼は二人をカウンター席に案内し、さりげなく青年の胸板を触る。麻子さんは誇らしげな表情をしていたが、男性は那津さんの遠慮のない接客に、やや戸惑った表情を浮かべていた。

慌てて私が天堂さんを見ると、彼は玉ねぎおばさんが持ってきてくれたレモンを、片手でギュッと強く握っている。今にも握り潰してしまうのではないかと、思わず心配になった。

〈どうにか天堂さんが耐えてくれますように……〉

そう祈りながら、麻子さん達からオーダーの入ったパテとカンパチのカルパッチョを調理していく。数分後、今度は萌美さんがスーツ姿の爽やかな男性と連れ立ってやって来た。

「こんばんは。……今日は恋人を連れて来ました」

照れた様子で彼女が言うと、那津さんは「出た！　噂の彼」と叫ぶ。それから指笛を吹いて「付き合いたてホヤホヤか〜！　存在がエロいなー」と、訳の分からない言葉で囃《はや》し立てた。

二十一時を過ぎた頃、今度は那津さんのメイクレッスンにもよく来てくれていた二十代の女性が友人を連れて来店したが、そこでも彼は「今日も可愛いなぁ。俺のアドバイス通りのメイクをしてくれてるからか」と言って、彼女達の頭を撫でる。やたら距離が近かった。ヒヤヒヤした私は、厨房で天堂さんの横顔を再び覗く。すると、彼はすりおろし器を使い、親の敵《かたき》のように恐ろしい形相でパルミジャーノ・レッジャーノをオムレツに大量に載せていた。

「……天堂さん。載せすぎです」

思わず指摘すると、彼はハッとした表情で「ごめんね」と呟く。それから自らの頬を叩き、どうにか自制心を保とうとしていた。

数分後、とうとう天堂さんが限界を迎える事態がおとずれた。

那津さんが、麻子さんに勧められるままワインを何杯も飲み続け、泥酔状態になったのだ。

これまでも私達はお客さんからワインを勧められて飲むことはあったが、「酔ったら仕事にならないから、接客中は二杯まで」と営業中のルールを取り決めていた。

しかし、今夜の彼は約束を破り、ナパワインのボトルを殆ど一人で空けている。明らかに呂《ろ》律《れつ》が回っておらず、普段とは様子が違った。

麻子さんは自ら那津さんに飲むように煽った手前、最初は笑っていたが、その内、自らの恋人に彼が接近し、片言のフランス語で口説こうとしているのを見た瞬間、「ちょっと！」と本気で怒り出していた。

店内は混沌とした状況になり、那津さん目当てで来た女性客二人も明らかに動揺している。萌美さんも「今日は那津さんお疲れですね。私達、帰ります。また来ます」と言うと、恋人と帰り支度を済ませ、レジに向かった。

本来ならば会計は那津さんの仕事だが、今夜は慌てて天堂さんが対応する。私も萌美さんカップルにこの状況を謝罪したくなり、調理の手を止めて彼の後ろに続いた。しかし、あろうことか、萌美さんと彼女の恋人が会計を割り勘にするのを目撃した那津さんは、「これくらい男が払ってやれよ〜」と言うと、彼女の恋人の肩に手を回して絡み始めた。

そこで天堂さんの、堪忍袋《かんにんぶくろ》の緒が切れた。

「お客様。うちの従業員が、大変申し訳ございません」

そう言うと彼は萌美さんの恋人から那津さんを引き剝がし、胸ぐらを摑んで壁に押しつける。

それから、隣に立っている私にしか聞き取れないほどの小さな声で言った。

「なぁ。君はいつからお客様のお会計に口を出すようになったんだ？　世の中には、色々な形でパートナーシップを築くカップルの方々がいるんだよ。自分が食べた分は自分で払う。当たり前のことだと僕は思うよ。それを実践しているお客様のことをおちょくる君は、従業員としてセンスの欠片もないね。第一、僕のお金で日々の生活を送っている君が、何をのたまっているんだい？　笑わせるのも、いい加減にしてくれ」

言ったそばから言い過ぎだと思ったのか、彼は胸ぐらから手を離す。しかし、那津さんは天堂さんを睨み胸ぐらを摑み返すと、エプロンを脱ぎ捨て、店から出て行ってしまった。


閉店後。天堂さんはカウンターに座り、憔悴《しょうすい》しきっていた。

彼は那津さんと揉み合いになった後、「あはは！　これは、ただの痴話《ちわ》喧嘩です」と言って、すぐに店内の雰囲気を明るく切り替えようと努力していた。しかし、それはどう考えても後の祭りで、その場にいたお客さんは漏れなく全員が困惑していた。

オーナーとして店の雰囲気を台無しにした罪悪感から、彼はいっそ今夜全ての会計は店が負担すると言い出し、その提案を各々のテーブルに伝え回ったが「それはいけない」と逆に諭され、励まされ、結果的にお客さんのほうから気を遣われて、さらに落ち込んでいた。

散々迷惑をかけた麻子さんの席にも向かい、改めて私と天堂さんでお詫びしたが、彼女は「飲ませすぎた私がいけないのよ」と言うと、恐縮した素振りを見せた。最後のお客さんを見送り、クローズ作業を終えたが、天堂さんの表情には明らかに疲れが滲んでいた。閉店後に決まって設けている夜食タイムもままならず、那津さんも帰って来ず、最悪だった。

ゴーン、ゴーン。

深夜零時の鐘が鳴り響く。

私と天堂さんはそれぞれカウンター席に座り、静かに水の入ったグラスに口をつけた。

那津さんは今どこにいるのか。一体、大丈夫なのだろうか。

なぜプロ意識の高い彼が、あれだけの醜態《しゅうたい》をお客さんの前で晒したのか。

私も天堂さんも、考えていることは同じだったと思う。しかし、次の瞬間、ふと彼が「あ、分かったかもしれない」と呟いた。

「何が分かったんですか?」

思わず尋ねると、彼は「那津が今いるかもしれない場所のことさ」と言葉を続ける。

「……えっと、それはどこなんでしょうか?」

私は胸が大きく高鳴るのを感じながら、彼の次の言葉を待つ。

「僕と那津が付き合う前、彼が従業員として働いていたダンスバー。確証は持てないけど、なんとなく、そこにいる気がする。これは僕の勘だから、外れている可能性もあるけれど」

スマホでその店を検索すると、あろうことかその場所は、私と英治が住んでいたマンションからほど近い場所にあった。

天堂さんは「僕は今から、車でそこに行ってみようと思う。でも、白石さんは無理しないで。前に住んでいたお家から近いしフラッシュバックがキツイよね。もう遅いし、君まで行く必要ないよ」と言って、立ち上がる。しかし、その瞬間、私は躊躇う気持ちを捨てた。

「天堂さん。私も連れて行って下さい。英治と住んでいた場所から近いとはいえ、音楽に疎《うと》い彼がダンスバーにいる可能性は限りなく低いです。それに今は、那津さんが心配です」

「……本当に大丈夫？　僕らの喧嘩に、君を巻き込んでしまっているようで申し訳ないよ」

「いえ。私は自分の意思で行きたいんです。どうかお願いします。連れて行ってください」

彼は驚いた様子でこちらを見つめるが、後悔はない。それよりも、焦る気持ちのほうが強かった。


「今から行く店に那津がいなかったら、僕はもう二度と彼に会えない気がする」

ハンドルを握りながら珍しく彼が不吉なことを言うので、「縁起でもないです」と叱責《しっせき》してしまうが、私も彼と同じような胸騒ぎがして、動揺が止まらない。

「そういえば那津さんと天堂さんは、どうやって知り合ったんですか？」

少しでも重い空気を変えたくて、私は別の角度から質問を投げる。すると、彼は言った。

「僕は今でこそ親から継いだ不動産会社を経営しながら、こうしてお店を持つことができて充実していたんだ。経営と言うと聞こえは良いけれど、数年前までは何の面白みもない毎日を過ごしていたんだ。経営と言うと聞こえは良いけれど、二代目の僕は当時まだお飾り社長でね。実権は父親が握ったままで、僕の意思なんてないも同然。それでも、昔から社内に残っている社員達にどうにか認められたくて仕事に邁進したけど、誰も僕を認めてくれない。陰で僕のことを馬鹿にして、『ジュニア』と呼ぶ社員達もいたなぁ。全ての地盤を親から引き継いで、何も苦労せず偉くなって、っていうやっかみもあったんだろうね。僕だって、こんなに恵まれているのに不満がある自分に嫌気が差したよ。でも、なんて言うか本当に日々、虚無感でいっぱいだったんだ。率直に言って、その頃の僕は、死にたかった。そんな時、今から行く店に偶然一人で立ち寄ったら、そこのステージで那津が踊っていたんだよ」

「……そうだったんですね」

「彼が踊る姿を見た瞬間、この世の全ての儚《はかな》さが、そのダンスに体現されている気がした。僕は那津が踊り終えるまで、呼吸を忘れて見入ってしまった。あんなことは人生で初めての経験だった。そこからは僕のほうが通い詰めて猛アタックさ。あはは。恥ずかしいなぁ」

その言葉を聞いた瞬間、二人の人生の片鱗を垣間見た気がして、胸がいっぱいになった。

二十分ほどで、閑静《かんせい》な住宅街に差しかかった。

コインパーキングに車を停めて周囲の建物を見ると、やはりその建物は英治と住んでいたマンションから道を挟んで目と鼻の先にあり、呼吸が浅くなる。まさか自分が不幸な結婚生活を送っていた頃、殆ど同じ場所で、那津さんと天堂さんの恋が始まっていたとは。

私達は、なんの変哲《へんてつ》もない住宅と住宅のあいだに忽然《こつぜん》と現れた「ダンスバー・エヴィエニス」と書かれた店に入る。扉を開けると、そこには煉瓦《れんが》造りのこぢんまりした外観からは想像が出来ないほど、広々とした空間が広がっていた。

最初に目に飛び込んできたのが、室内の中央に半円状に設置されたステージだった。

紫色の妖艶《ようえん》な照明で照らされたそのステージの中央にはヘソ出しシャツにピタッとした黒革のパンツ、ハイヒール姿の那津さんが立ち、いつものように華麗に踊っている。店内は暗く、ステージ以外はわずかにオレンジ色の照明が灯っているだけだった。

――ビンゴ。やはり天堂さんの勘は、当たっていた。

ステージを取り巻くように十数席の椅子が設けられ、そこかしこに男性客がひしめく。客は九対一で、圧倒的に男性の割合が多かった。

那津さんは曲の途中、ゆっくりと黒革のパンツに指をかけるとそっと脱ぎ、ギリギリ陰部が隠れるほど面積の小さな下着姿になって踊り続ける。後ろを振り返ると、鍛え上げられたお尻の割れ目が見えて、そのたびに客席からは感嘆の声が上がっていた。

彼らは那津さんの身体のラインを撫で回すように眺めては感嘆し、中にはカメラで撮影をしている者もいる。

彼は先ほどの酔い具合が嘘のように見事なパフォーマンスを続け、客席にアイコンタクトを送る。そのたびにステージ上には、大量のおひねりが投げられていた。

思わず見入っていると、私達はスタッフと思しきスーツを着た男性に、受付で声をかけられた。

「May I see your identification please?《本人確認証を見せていただけますか》」

慌てて私も身分を証明できるものを探したが、英治と暮らしていたあの家に、未だ置いたままである。

そう言われた天堂さんは、ズボンのポケットから財布を取り出して免許証を出す。

どうするべきか考えあぐねていると天堂さんは男性と英語で談笑し、私にしか分からない素早さで、彼に万札を数枚ほど握らせていた。

その後、入場が許可された私達は、ステージから見て左奥のテーブル席に座る。すかさず私が「天堂さん、私、身分証……」と言うと「大丈夫。彼は前からこの店にいる、顔馴染みのスタッフ。万札数枚で君が入れるなら安いものだよ」と、いとも容易《たやす》く言った。

メニューを見るとテーブルチャージだけで一万円をとられるほか、ドリンクが一杯四千円以上もする。想像以上に高級な店だった。着席後、すぐステージ上の那津さんに注目する。

ふと一瞬、彼がこちらを向いて目が合った気がしたが、瞬く間に反対を向いてしまう。気のせいかもしれなかった。

私と天堂さんは一杯ずつウーロン茶を頼み、那津さんと接触するタイミングを探る。しかし、彼は数曲踊ると袖にはけ、裸にネクタイ姿の男性ダンサーにバトンタッチしてしまった。

次の一手に悩んだ天堂さんは、携帯電話で私達三人のＬＩＮＥグループ『team・Maison de Paradise』にメッセージを送る。

《さっきはごめん。今、君のステージを見てた。話したいから、どこかで会えない？》

すぐに既読が付き、彼から返信がある。

《とりあえず楽屋来て。今、スタッフがアンタ達を呼びに行くから》

先ほど彼と目が合ったように感じたのは、やはり気のせいではなかったのだ。

受付にいた男性がインカムを押さえながらやって来て、私達に声をかける。

「Please come with me《こちらへどうぞ》.」

私と天堂さんは彼の後をついて行く。

ステージから向かって右奥の通路を潜《くぐ》り重厚な扉が開くと、そこは妖艶なムードから一転、ランプの穏やかな灯りが落ち着く、十畳ほどのスペースだった。

壁沿いにアンティーク調の鏡台《きょうだい》が置かれ、各鏡はランプの電球で縁取られている。それぞれ台の上にはメイクポーチや香水が置かれ、汗や香水、お香などの匂いが混ざった独特の香りがした。一番手前の席で、那津さんがバスローブを羽織り、足を組んで座っている。

彼は、私達を見ると「おっさん、よく分かったな。さすが占い師」と言って笑った。

酔いは醒めているようで、彼が普段と変わらないことだけが、この異世界に紛れ込んだような状況の中で救いに感じた。

「……えっと、那津さんはここで働いているんですか?」

私が尋ねると、彼は観念したように言う。

「実は、そうなんだよね。三ヶ月くらい前からずっと。ウケるだろ」

すかさず天堂さんが、矢継ぎ早に食いつく。

「全然ウケない。なぜこんなに大事なことを僕に言わなかった? なぜ働いてる?」

那津さんは彼の神妙な表情を覗くと「怖。ってか、一本吸っていい?」と言って、鏡台からタバコの箱を取る。

それから私達の返答を待たずライターで火をつけ口から煙を燻《くゆ》らせると、濃厚なバニラの香りが空間中に漂った。

「那津さんって、タバコ吸うんですね」

「一桁代の時から吸ってるよ。でも飲食店で勤める以上、タバコはまずいだろ。だから、Maison de Paradise をオープンしてから吸うことは減ったなぁ。だけど」

「……だけど?」

「正直に言えば、最近また吸ってた。この楽屋で。吸った後は、家に帰る前にめちゃくちゃマウスウォッシュで口漱《すす》いでたけど、そこにいるおっさんは気づいてたかもしれないな」

そう言って天堂さんを見る。その間も煙は、天井の換気扇にゆっくりと吸い込まれていた。

「ごめん。正直に言うと、全然気づかなかった。僕は君のこと何も知らないんだね」

そう言って立ち尽くす天堂さんの姿を見て、那津さんは可笑しそうに笑う。

「まぁ、人のことをなんでも知ってると思うなんて、そもそも傲慢だろ?」

再び口の端でタバコを咥える彼を前に、天堂さんは言う。

「単刀直入に聞く。なぜ黙ってた? 最近の君は、明け方まで帰らない日が多かったけれど、まさかその時もアラン・スミシーのメンバーと飲みに行っていたわけではなくて、ここで働いていたのかい?」

「半分正解で、半分不正解。実際にメンバーと飲みに行くこともあったよ。でも、この店、給料が良いんだよ。1ステージ二万。たかだか数曲踊ってそれだよ? この世知《せち》辛い世の中、ダンサーにとって、超優良店だよなぁ? 三回も踊れば一晩で六万円だぜ?」

そう言って那津さんは、後ろに控える男性スタッフに微笑みかける。

同意を求められた男性はぎこちなく微笑み返したが、おそらくこの人は、受付兼ボディーガードのような役回りだろう。

何を尋ねれば良いか分からなくなった私は、彼の鏡台に目をやる。すると、そこには飴色の写真立てが飾られていた。その中にはクリッとした瞳の少年と、その親と思しき男女の写真がはめ込まれている。私の視線に気づくと、那津さんは言った。

「あぁ、この写真ね。俺、母ちゃん、父ちゃんの家族写真。我が家、母ちゃんが早くに亡くなってさ。左に写る父ちゃんが俺の保護責任者だったんだけど、まぁ、この人がドラマに出てくるようなダメな奴でさ……」

そう言うと彼は、私が天堂さんから密かに聞いた内容を一通り話してくれた。

「で、その酷い父親が、このたびめでたく腎臓《じんぞう》がんになりまして。ステージ4。あれだけ好き勝手に酒飲んでタバコ吸ってたら、俺からすればまぁ当然でしょって感じなんだけど。あと俺が連帯保証人の借金も、実はまだ四百万残ってるのよ。今考えると、何も分からず判を押したこっちも、スゲー馬鹿だったんだけど」

「……え？」

　予期せぬ展開に、私は呆然とする。天堂さんも借金と父親の病気は寝耳に水だったようで、驚いた顔をしていた。

　会話の最中も、ステージからは艶やかな洋楽が聞こえてくる。他のダンサーも、のっぴきならない事情があって、ここで働いているのだろうか。ふと、そんなことを思う。

「だけど、あれよ。ヤバイ父親でも家族は家族だし、入院費だけは稼いでやろうと思って。俺の生活費は基本的におっさんに面倒を見てもらってるけど、流石にダメ親父の入院費までは、払ってもらうわけにいかないじゃん？　だから、この店でまた働き出したってわけよ。ダサいし、サムいよね。自分でも分かってる。ただ、身体は無理してたんだろうな。最近、また酒量が増えてさー、結構ストレスがヤバかったとはいえ迷惑かけて本当にごめ……」

　彼が言い終わるのを待たずして、天堂さんが那津さんを抱きしめる。

　瞬時に男性スタッフが「Stop!」と言ったが、彼の動きを止めることは出来なかった。二人が抱き合う姿を間近で見て、目のやり場に困る。スタッフも唖然《あぜん》としていた。しかし、天堂さんは気にしていない様子で言った。

「僕のこと、そんなに信用できなかった？　どうしてそんなに大切なことを黙ってたの？」

天堂さんの肩越しに、那津さんの顔が見える。彼の目には、みるみる涙が溜まっていった。

「いや。だってさ、近頃ようやく葉も頑張ってレストラン営業を再開してくれて。おっさんには葉のケアを優先して欲しかったし。それに、俺の個人的な問題じゃん？　だから、一人で解決したかったんだよ」

「ばかやろう！」

その瞬間、かつて聞いたこともないほど大きな声で天堂さんが彼を怒鳴った。

すかさずスタッフの男性が、「Keep it down, please.《落ち着いて》」と注意するが、天堂さんは全く気にしていない。それどころか、昂《たかぶ》った状態で言葉を続けた。

「解決する技量もないくせに、全部ひとりで試練を引き受けようとするな。こんなに近くに僕がいるんだから、もっと甘えろ！」

「……は？　解決する技量がないって言った？　俺がどんな思いで小さな頃からダメな親と関わってきたか分かる？　まあ、分かんないよな。生まれた時からボンボンのアンタには」

彼は天堂さんに抱かれたまま、人形のように魂の抜けた表情で呟く。

さらに次の瞬間、扉が開き、那津さんの次に踊っていたダンサーの男性が入ってきた。

「ひゃっ！」

男性は悲鳴を上げると、その後は大してこちらに興味を持たず「ちょっと那津〜。修羅場〜？　も〜。楽屋ではやめて〜？」とアッサリ言って、隣の鏡台に進む。既にネクタイは解けており、下半身はトランクス、上半身は裸だった。

それから男性は、終演後まもないというのに「じゃあ、アタシ保育園のお迎えがあるから。高いのよ、深夜料金。シーユー」と言うと厚手のシャツとコートを羽織り、ズボンを穿き、さっさと行ってしまう。

天堂さんは少しも気にせず那津さんを抱きしめたまま、語気を強めて言った。

「……育ちの良さは僕自身が自ら望んだわけじゃない。でも、裕福な家庭に生まれたことで、こうして那津と分断が生まれてしまうなら、僕は生まれ育った家族を捨ててもいいと思ってる」

一瞬の静寂があり、那津さんがおちょくったように「何それ。重いわ〜」と返事をする。しかし、私は天堂さんの覚悟に鳥肌が立った。この人は本気で言っている。その気持ちが、痛いほど伝わってきたからである。その瞬間、私も心が決まった。

そっと後ろを振り向くと彼らに気づかれないように、男性スタッフに耳打ちをする。それから不慣れな英語で「プリーズギブミー、モストエクスペンシブ、ワイン」と呟いた。


男性は一瞬キョトンとした表情を浮かべたが、すぐ「That's a good idea.《いいね》」と言って一本のワインを持ってきた。

ボトルのエチケットには、大きく「ヴォーヌ・ロマネ」と記され、彼は一人分のグラスも携えている。私は心してそのボトルを受け取ると、その場でグラスになみなみとワインを注ぎ、一気に飲み干す。

その様子を見た那津さんが、「……葉。どうした」と驚いた声を出し、その声を聞いた天堂さんも、すかさず私のほうを振り向く。しかし気にせずガブガブ飲むと、一息に言った。

「へー。これが『神に愛された村』と呼ばれるヴォーヌ・ロマネの村名ワインの力量ですか。たしかに、みずみずしくも上品な味わいですね。飲んだそばから芳醇な香りが鼻の奥に広がって、一瞬ここが、どこなのか分からなくなると言いますか」

「白石さん、一体どうしたの……？」

驚きのあまり〝目が点状態〟の二人を前に、構わず私は飲み続ける。その後、口を拭うと、彼らに言った。

「天堂さんのいつものウンチクを、今夜は私が言おうと思って。それにしても、那津さんってダサいですよね。人の母親のことは散々ディスっておいて、自分の身内のことになると、何も言ってくれずにメソメソして」

「は？」

「カッコつけすぎですよ。他人に甘えたくないって言うけど、私を見て下さい。天堂さんと那津さんに甘えまくりですよ？　そもそも、依存できる先が沢山あることこそ本当の自立って言うんじゃないですかね？」

彼は呆然としているが、私は言葉を続ける。

「お金のこととか、家族の問題とか、本当は全然言いたくないことを真摯《しんし》に伝えることも、大事なコミュニケーションのひとつだと思いますよ。半人前の私が言うのも恥ずかしいですが……。でも、誰にも甘えず一人で生きていくなんて、不可能だと思います。もっと、私や天堂さんを頼って下さい」

私はどのツラを下げて、こんなに尤《もっと》もらしいことを言っているのか。まだ何も成し遂げていないのに。そう思うと情けなくて、泣きそうになる。

次の瞬間、那津さんがそっと立ち上がり、私からグラスを奪う。それから、グラスの中に残っていたヴォーヌ・ロマネを一気に飲み干して言った。

「アンタの言う通りだな。なんで俺らは、こんな不完全なんだろう。おっさんがMaison de Paradiseを立ち上げた時のモットーが、お客さんの抱える孤独が一ミリでも解消されるような、そんな居場所を作りたいってことだったのに、もてなす自分らのほうが未熟で、人を助けられるような技量もなくて、常に迷って。こうして俺も散々、人に迷惑かけて、本当に、何やってんだろうな……」

そう言って、子供のように泣き出す。

その声は今まで彼が我慢を強いられてきたことへの怒りのようでもあり、魂の叫びのようでもあった。私はどうしたら良いか分からず、天堂さんもその場に立ち尽くしていた。

それでも私はこの深夜、那津さんの本音が聞けて良かったと思い、彼の泣く姿を黙って見つめる。

気づけば天堂さんが男泣きを始め、私もつられて泣き、良い大人が三人揃っておいおい泣き出す。その奇妙な光景を、男性スタッフだけが困ったようにニコニコと微笑みながら眺めていた。

最終話

恋人じゃないけど、愛おしい人

いつものように布団を畳み、身なりを整え自室の扉を開けると、リビングにパンツ一丁の天《てん》堂《どう》さんが立っていた。部屋の中央に姿見《すがたみ》を置き、何やら鏡の中をまじまじと覗いている。

那《な》津《つ》さんが半裸の状態で室内を彷徨《うろつ》くのは日常茶飯事だ。しかし、天堂さんがここまで無防備な姿でいるのは珍しい。と言うか、私がこの家に来てから初めての出来事である。

「……おはようございます」

おそるおそる声をかけると、彼はこちらを振り向いて言った。

「ひゃっ！　白石《しらいし》さん！　こんな格好でごめんなさい！」

彼は真っ赤に顔を染めて、両手で胸元を隠す。しかし、隠せば隠すほど、鍛え上げられた胸筋と立派な胸毛が私の目に焼きついた。

隣室の扉が開き、Tシャツにジーンズという出立ちの那津さんがやってきた。腕いっぱいにカラーシャツやジャケットを抱えており、持ってきた服の一枚一枚を天堂さんの上半身にあてていく。

「ったく、これだけ迷うなら、さっさとジェイにスタイリングを任せれば良かったんだよ。アイツならスタイリストだし、おっさんの服を選ぶくらい朝飯前だろうが」

「もちろん僕だって相談したさ。でも今日は、彼が現場に入っていて捕まらなかったんだ」

「だったら、もっと朝早く起きて選べば良かっただけの話だろ？　俺まで駆り出されて、ほんとにダルいわぁ」

「これでも僕は、朝六時から二時間以上は悩んでいる！　その上で迷ってるんだ」

膨れ面で反論する天堂さんの表情は、親に怒られて言い訳をする少年のようである。事情は分からないが、普段は那津さんが天堂さんに小言を言われ不貞腐《ふてくさ》れていることのほうが多いので、今日は立場が逆転していると思った。

「君はまだ二十代だし、Tシャツとジーンズで許されるから良いよな。でも僕の年齢で、君と同じ服装でお見舞いに行ってごらん。たちまちお父様に非常識と思われるのがオチだろうね。怒ってばかりいないで、こちらの身にもなってくれ。これでも僕は緊張しているんだ」

「別にウチの父ちゃん、俺の恋人がどんな服を着ているかなんて気にしないと思うぞ。もう適当に選んで、早く出かけようや～。面会の時間に遅れちまう」

「その適当が難しいんだよ。お願いだから、もう少し待ってくれ」

天堂さんも那津さんも、眉間に皺を寄せて苛立った表情をしている。

「白石さん。朝から驚かせてごめんね。半裸のおっさんの姿なんて、見たくないよね。こんなに無防備な姿を見せてしまうなんて、僕は男失格だ。一旦、ガウンを羽織ってくる」

彼はそう言うと、寝室に向かう。その間に那津さんが「広い空間で俯瞰して服を選びたいって、自分で言ったくせに」と吐き捨てた。

天堂さんは青いガウンを羽織り戻ってくると、食卓の椅子に腰を掛けて呟く。

「あぁ、疲れた。もうシンプルに、上下黒のジャケパンにしようかな。そこに白いシャツとネイビーのネクタイを合わせれば、どうにか格好がつくでしょう」

「おう。もう、それでいいよ。迷った時はシンプルイズベストだろ」

那津さんも、それに同調する。明らかに疲弊《ひへい》している天堂さんに私は尋ねた。

「……あの、那津さんのお父様のお見舞いに行くための服が決まらずに悩んでいらっしゃるんですか?」

「イエース。僕はわりと衣装持ちのほうだと思うけれど、だからこそ、自分に似合う洋服が分からなくなってしまってね。まったく今日に限って参ったよ」

その瞬間、思い切って告げた。

「差し出がましいかもしれませんが、上下黒は喪服《もふく》っぽい印象になるのでお見舞いには向いていないと思います」

一瞬、沈黙が訪れる。しかし、構わず言葉を続けた。

「今の季節なら、もう少し軽い色のジャケットのほうが良いかなと。明るいベージュやグレーのジャケットはお持ちですか? もしもお持ちなら、そこに淡いブルーやピンクのシャツを合わせて、ボトムには細身のパンツを穿くと締まった印象になると思います」

「なるほど……。たしかにその通りだ。僕は完全にＴＰＯも季節感も無視するところだった」

天堂さんが目を丸くして驚く。

「それから、ネクタイはあえてしなくても良いかもしれません。入院中は何かと精神的に不安定かと思いますし、カチッとしすぎないほうがお父様も身構えずに済むかなと。その分、首元や腕にアクセサリーを付けないことでＴＰＯをわきまえた印象になると思います。ベルトをして、コーディネートを引き締めるのもお忘れなく。あ、ちなみに靴ですが……」

すかさず那津さんが口を開く。

「ちょ、ちょ、ちょっとタンマ。アンタ、さっきから一体何なんだよ」

目を丸くして驚く彼を前に、私は「すみません。出過ぎた発言でした」と詫びる。しかし、次の瞬間、彼からは意外な言葉が飛び出した。

「マジ最高！」

「……え？」

「だから、最高だって言ってんだよ。もしかして葉《よう》って、アパレル経験者？　じゃないと、そのスゲーアドバイスは出てこないよな？」

那津さんは一気に破顔すると、両腕いっぱいに抱えた服を床に投げ捨て、私の手を握る。

「……実は独身時代、地元にある男性向けセレクトショップで少し働いていました。でも、たった二年ちょっとの話ですよ。ただのバイトでしたし、全然大した経験じゃありません」

彼らに打ち明けた話は、本当だった。私は地元・福岡の服飾系短大を卒業後、二年間ほど市内のショッピングモールでアパレル店員として勤務していた。

当時から料理人として働く夢を漠然と抱いていたが、専門の学校を出ていない自分が料理の道に進むことに対して勇気が出ず、結論が出るまでの間、ひとまず働くことにしたのだ。

ただ、アパレルは給料が安い。たしか当時、時給八百円だった。それでもあの頃の私は、親元を離れて小さなアパートに住み、質素倹約に暮らす日々に充足感を覚えていた。

もう十年以上前の話である。今日まで忘れていたくらいだし、あの経験に価値を見出したことも一度もない。

その時に貯めたお金で思い切って調理師学校に通い、卒業後は飲食店に勤め、英治《えいじ》と知り合って結婚した後の人生のほうがハードで、アパレルの経験など記憶の彼方に葬り去られていた。

しかし、彼らは険悪なムードから一転し、「救世主が現れた！」と騒ぎ始め、こちらが恐縮してしまうほど喜んでいる。

「こんな簡単な意見、誰にでも言えますって」

慌てて二人を制するが、那津さんは「ウチの店で葉のファッション講座やろう」と勝手に盛り上がり、天堂さんに至っては着たばかりのガウンを脱いで、なぜか小躍《こおど》りをしている。子供か。

「大袈裟です。今日はたまたま役に立っただけで、普段は全く使えない知識ですから」

どうにか彼らの興奮を鎮めたい一心でそう伝えるが、天堂さんが真面目な顔つきで言う。

「なぜ卑下するんだい？　料理以外にも得意分野があるのは、素晴らしいことだよ。お願いだから、大切な経験をそんな風に言わないでくれ。過去の白石さんが可哀想じゃないか」

「……でも、所詮、時給八百円の雇われの身だったんですよ？」

つい語気を強めてしまう。たかだかバイトの経験を過大評価されて、居心地が悪かった。

「君が一生懸命、働いていたことには変わりないでしょう。僕は今、白石さんの経験に心から助けられている。その事実にバイトも、契約社員も、正社員も関係あるもんか」

「……はぁ」

「金額の大きさだけで言えば、僕もここのオーナーとして働くより会社経営のほうが大金を稼いでいる。何百倍もね。だけど、この店の仕事は手を抜いているかと言われれば、決してそんなことはない。社長業もオーナー業も両方、心から誇りに思っている。それは仮に僕がアルバイトという立場であったとしても、変わらないと思うよ」

　キラキラした眼差しで熱弁する半裸のおじさんの姿を見て、私は初めて過去の経験に価値を見出すことが出来た――本人にとっては何でもない経験も、誰かの役に立つことがあるのかもしれない。そう思うと、少しだけ過去を愛おしく感じる。

　私は数年に及ぶ結婚生活で「自分には何もない」と思い込んでいた。しかし、結婚前には案外、自分の足で立てていたのかもしれない。今さら、その事実に気づくなんて。

　那津さんが私の手を握ったまま「力を貸してくれや！」と懇願してくる。言われるがまま私は、天堂さんの服選びに協力することになった。


「とりあえず、寝室にあるクローゼットの中を全部見てほしい」

天堂さんにそう言われ、彼らの寝室に入る。足を踏み入れるのは二度目だった。この部屋に最初に入った時は窓辺にアマリリスが飾られていたが、今日は同じ場所にハート形のアンスリウムが飾られている。目が覚めるような真っ赤な苞《ほう》に、思わず見惚《みと》れた。

気持ちを切り替えてクローゼットを覗くと、木製のハンガーに掛けられたハイブランドのジャケットやカラーシャツがずらりと並び、本当に天堂さんが衣装持ちだと分かる。

手当たり次第、気になったアイテムを取り出しては眺め、最もピンときたのはベージュのチョアジャケットだった。

「今日は、こちらを主役にしませんか？」

ハンガーに掛かった状態で天堂さんの上半身に軽くあててみると、イメージしていた通り、とてもよく似合う。

「そういえば僕、こんなジャケットを持ってたね。たしか二十代の時に買ったものだけど、どこのブランドのものなのかも覚えてないなぁ」

彼は背中のネームタグを確認し、まるで初めてこの服の存在を知ったかのように驚く。

「これはチョアジャケットと言って、昔、フランスで労働者が仕事中に着ていたものが発祥らしいです。たしかチョアは英語で『雑用』って意味で、元々ワークウェアなのでウエスト部分に絞りがなくて少し野暮《やぼ》ったいですが、天堂さんのように都会的な男性はカチッとしすぎず、これくらい外したほうが素敵かな、と。その分、他のアイテムはスタイリッシュな物を選びましょう」

天堂さんも那津さんも、真剣な眼差しでこちらの話に耳を傾けている。

トップスには襟が大きく開いたサックスブルーのカッタウェイシャツを、ボトムには白いパンツを選び、最後にベルトハンガーから黒いベルトを抜き取ったら基本のコーディネートの完成だ。

胸元に寂しさを感じたので、ポケットチーフを挿すことにする。白いハンカチを用意してもらい、折り畳みながら、私はずっと気になっていたことを尋ねた。

「結局、お父様の入院費や、借金の件はどうするんですか？」

尋ねたそばから、踏み込んだ質問だったと反省する。しかし、天堂さんはケロリと言った。

「入院費は今後、僕が払おうと思ってる。今日、お父様にもその意思をお伝えするつもり。でも、彼が作った借金は、引き続き那津がエヴィエニスで働いて返済していくことになったよ。もちろん僕としては、肩代わりをしてあげたい気持ちでいっぱいだけどね」

そこに那津さんが割り込む。

「身内の入院の面倒を見てもらうだけでも申し訳ないのに、借金まで代わってもらうわけにはいかねぇよ。これは、俺なりのプライド。これからも立派なダンスをお客さんに披露して、粛々《しゅくしゅく》と払っていく。もちろん、Maison de Paradise《メゾン ド パラダイス》の仕事も絶対に手は抜かない」

その表情に迷いは感じられない。彼らが話し合って決めたのならば、それが最善の選択なのだろう。返事に迷っていると、那津さんは突如こんな提案をしてきた。

「なぁ、葉。今日、父ちゃんのお見舞いについて来てよ」

「……へ？」

予想外だった。思わず目の前の天堂さんに救いを求めるが、彼は「ナイスアイディーア！」と叫び、瞳を輝かせて同調している。

「遠慮しておきます。お父様としては『誰だ、この女？』って感じでしょうし、私が伺ったところで何も出来ませんから」

本心だった。しかし、なぜか彼は一歩も引かない。

「もう決めた。今日は絶対にアンタにも来てもらう。別に予定はないんだろ？　なんなら、労働の一環として時間外手当を出してもいい。なぁ、おっさん、そうだろう？」

「あぁ。当然だ。貴重なお休みの日に、僕らの都合に付き合ってもらうわけだからね」

天堂さんも激しく頷く。

「お金の問題ではなくて……」

すかさず反論するが、那津さんが勢いよく食いついてくる。

「あのな、アンタは自分が思っているより、ずっと有能で賢い。料理が作れることもそう。服を見立てられることもそう。これだけの短時間で、それを的確にアドバイス出来ることもそう。そんなアンタだからこそ、俺はついてきて欲しい」

「……はぁ」

突然のべた褒めに遭い、どうしたら良いのか分からない。

普段は厳しい言葉ばかり投げつけてくる那津さんが、今日はなぜか異常に優しかった。

「とにかく、絶対に来てもらうからな」

彼は着替え終えたばかりの天堂さんの腕を手に取り、壁際のスタイリングチェアに座らせ、ワックスを使ってヘアセットを始める。「ハイ、決定、決定〜♪　超決定〜♪」と謎の鼻歌まで歌っていた。

「ちょっと待って下さい！　私が行っても、本当にただのお邪魔虫ですって！」

「大丈夫。父ちゃんは、無類の女好きだし」

「そういう話じゃなくて……」

「小さな頃から親らしいことなんてしてもらった記憶殆どないけど、あの人、妙に俺を好きなのよ。だから恋人、つまり、このおっさんだけ連れて行くと不機嫌になりそう。でも、葉が来てくれたら上手いこと場の空気を和ませてくれそうじゃん。ここは、ひとつ頼むわ」

天堂さんの顔からサッと血の気が引いたことが鏡越しに分かったが、彼は構わず続ける。

「頼む。今回ばかりは、アンタを頼らせてくれ」

降参《こうさん》した。ここまで頼まれたら、行くしかない。

「分かりました。支度するので待っていて下さい」

渋々了承すると、彼らは歓声をあげる。その後、何気なく那津さんが言った。

「ちなみにうちの父ちゃん、マジ変な人で、なんつーか『負のカリスマ』みたいな人だから。マインドコントロールとかされないでね」

「……え？」

「でも、今行くって言ったもんな。もう前言撤回は許されねえからな。父ちゃんにも同居中の女性料理人が行くって、今ＬＩＮＥで伝えるわ。ありがとう！　よろしく！」

彼は少年のようにニッと笑う。こうして見事に口車に乗せられた私は、不安ばかりが募る面会になぜか足を運ぶことになった。


十五分後、天堂さんのレクサスに乗り込んで私達は店を出発した。

私は助手席に座り、那津さんは後部座席に座ると「誰かさんのせいで朝早かったから、クソ眠い。腹立つわぁ」と小言を吐き、横になってぐうぐうと眠り始める。

たしかに近頃の彼はエヴィエニスでのダンサー活動とMaison de Paradiseのダブルワークが本格的に始まり、忙しない日々を過ごしている。隣町にある病院までの道のりは高速道路を使い三十分ほどで、少しの時間も無駄にせず休息に充《あ》てたいという強い執念を感じた。

車内のＢＧＭには天堂さんのセレクトで『カルメン前奏曲』がかかり、そのハイテンポさに心臓がバクバクする。

「……この曲、なんだか焦るのでやめません？」

控えめに頼んでみるが、彼は「これからの闘いに備えて、少し気持ちの準備をさせてほしい」と言って珍しく譲らない。それどころか横顔を覗くと、鬼気迫る表情だった。

――お見舞いに行くだけでは……？　そう思うが、彼にしてみれば最愛の恋人の人生をめちゃくちゃに弄んできた張本人に会いに行くわけで、少なからず複雑な心境なのだろう。

那津さんの寝息とカルメンが混沌と車内でＭＩＸされる中、天堂さんは「敵陣に乗り込むには良いお土産を買わなきゃ」とか、「先んずれば人を制す……」とかボソボソ呟きながら、駅前にある煉瓦造りの花屋の前で車を停める。

それから「ちょっと僕は、お父様への差し入れを買ってくるから」と言うと慌てて出て行き、残された私は、その勢いにただただ呆気にとられた。

天堂さんが外に出てすぐ、後部座席で音がした。振り向くと、寝ていたはずの那津さんが身体を起こし、「今日のおっさん、焦りすぎよな。ウケるんですけど」と呟いている。

「あれ、起きたんですか？」

「俺が起きてると、あの人も興奮が収まらないだろうと思って。さっきのは狸寝入《たぬきねい》りよ。まぁ、ぶっちゃけ本当に寝落ちしたけど」

そう言って、欠伸をひとつする。

「たしかに今日の天堂さん、珍しく興奮してますよね。朝から半裸でしたし……」

今朝の様子を思い出して、つい噴き出してしまう。那津さんもつられて噴き出し、互いにひとしきり笑った後で、彼は言った。

「俺、おっさんの好きなところはいっぱいあるんだけどさ」

「はい」

「一番愛おしいのは、普段あれだけ頭がキレて頼れるのに、俺のことになると一気に偏差値が

3になって、阿呆《あほう》になるところなんだよな。『一回落ち着けよ』って、いつも思うわ」

そう言って、フロントガラス越しに天堂さんの後ろ姿を見つめる。

「それだけ那津さんを、大切にしたいんじゃないですか?」

私が言葉を返すと、彼はまるで他人事のように言う。

「俺なんかが、そんな良いもんかねぇ。ちょっとメイクとダンスが上手いだけで、ひとつも教養なんて無い人間だぜ?」

彼が卑下するのは、意外だった。つい慰めてしまう。

「……那津さんは、素敵です。自分の言葉を持っているじゃないですか? 私は自分の感情を上手く表現出来ないので、いつも凄いなぁって思います」

すかさず彼は言った。

「アンタは、言葉の代わりに料理で自分を表現してんだろ? それも凄いことだと思うぞ」

「……はぁ、そうですかねぇ。自分では、よく分かりません」

不意打ちに褒められて、面食らう。

「ちなみに俺の父ちゃんは、あのおっさんとは真逆だった。普段は酒もクスリも女もギャンブルもやって心底阿呆な奴だったけど、俺を利用することに関しては頭がキレてさ。常に何考えてるか分からなくて、怖かった」

彼の子供時代の苦労が垣間見えた気がして、返事に詰まる。

「我が家、昔は会社経営して羽振り良くてさ。一家で豪邸に住んでた。そのおかげで俺も、物心つく前からダンス教室に通わせて貰ってたよ。でも、俺が五歳の時に母ちゃんが病気で死んで、そこから父ちゃん自暴自棄になってさ。その後、すぐ会社が潰れて段々あの人も息子に稼いで貰わないと首が回らなくなったんだろうな。気づいたら法律なんて機能してない、色んなキャバレーに連れ回されるようになって、女の子みてぇな格好して踊らされた」

「女の子みたいな格好、ですか？」

「そう。俺、小さな頃、目がクリッとして、よく女子に間違われてさ。それを逆手に取って水着とかベリーダンスの衣装を着せられて、女装してステージに立ってた。当時の俺の口癖、『オキャクサン、オカネチョウダイ♡』だぜ。やばいよな。毎晩の仕事がキツくて、学校には寝るためだけに通ってたから、友達も出来なくてさ。そんな小学生だったわ」

その時、目の前の道で五、六歳くらいの男の子が母親と手を繋ぎ歩いている姿が見えた。

本来であれば学校に行っている時間のはずである。男の子はマスクをし、母親が心配そうに声をかけている。おそらく体調不良で学校を休み、近隣の小児科に母親と診察を受けに行く途中なのだろう。

那津さんだって本当は親の愛を一身に受け、友達と遊んだり、勉強に励んだりしたかったはずだ。しかし、彼にはそんな子供らしい時代が無かった。その虚しさは計り知れない。

「ただ、父ちゃんも俺を死なせるわけにはいかないと思ったんだろうな。小さな頃から食事だけは出してくれたよ。太ったらキャバレーのお客が離れていくっていう理由で、人参とブロッコリーを茹でただけのやつだけど、なぜか異常に美味かった。俺が今メイクとか飲食の仕事をしてるのは、あの頃の自分を救済したいっていう思いがどこかにあるからだと思う」

想像を絶する経験に、頭が痛くなってくる。

「でもさ、どれだけ酷いことをされても、たまに優しくされるとそれがあの人の本当の姿なんじゃないかって一瞬、信じちゃうんだよ。この本音、天堂にも言ったことない。アイツは多分、父ちゃんを嫌ってるから。でも、葉には言える。なんか不思議だな。多分、俺らは似た者同士なのかもしれない」

ふと英治の顔が脳裏にチラつく。私も彼に、幾度も人として尊厳を踏み躙《にじ》られた。しかし、気まぐれに優しくされるとわずかな愛情が蘇り、なぜか完全には嫌いになれなかった。

そのことを、ずっと疑問に感じていた。おそらくそれは「一度は愛した」という事実が関係している気がする。相手を否定するということは、過去の自分をも否定している気がして辛いのだ。

「俺さ、ずっと大人って信用しちゃいけないんだって思ってた。でも、天堂は違った。初めてアイツの家に泊まった日、俺が自分の過去を話したら何も言わずに抱きしめてくれて『これまで本当によく頑張ったね。これからは僕が君の辛さを半分背負うよ』って言ってくれた。その時、この人は信用してみようと思った。そこから、あっという間に三年が過ぎたわけよ」

ちょうど紙袋を抱えた天堂さんが戻ってきたので、私達は速やかに会話を止める。

「お待たせ。お父様に似合う花を選んでいたら、随分と迷ってしまったよ。生花ではなくてハーバリウムにした。これなら何年経っても、咲いたばかりの美しさが保たれるからね」

彼は慌てて車のエンジンを掛ける。再び車体が動き出し、一行は病院に向けて出発した。

五階建ての病院の一階で受付を済ませたのが、午前十一時近くだった。そこはかとなく漂う消毒液のような匂いに、軽く目眩を覚える。

既にこの病院に何度も足を運んでいる那津さんを先頭に、二階へ向かう。

廊下ですれ違う医師や看護師達は皆一様に感じが良く、笑顔で挨拶をしてくれた。中でも、恰幅《かっぷく》の良い女性の看護師とすれ違った際は、こんなことを言われた。

「那津くん。おはよう。今日は大勢で賑やかね。ごめんなさい。ちょっと話をしても良い？」

「……嫌な予感しかしませんけど。はい」

私と天堂さんも、彼に合わせてピタリと歩みを止める。

「昨日、新人の女性看護師がお父さんの病室に昼食時に行ったら、『俺はもう箸もスプーンも持つ体力が無い。君が食べさせてくれ』ってお願いしてきたらしくて。食事の介助が必要ではないはずだから、彼女も最初は断ったらしいの。でも、あまりにも懇願《こんがん》されるものだから担当医に確認して食べさせてあげたら、食事中ジーッと顔を見つめられたそうよ。その話を後から聞いてね、さすがに私もお父さんを厳重注意したの」

すかさず那津さんが神妙な様子で「……父が本当にすみません」と言って頭を下げ、息子の表情になる。「父ちゃん」ではなく、「父」と呼ぶところに彼の意外な社会性を感じた。

「女性を口説こうとする熱意があるのは素晴らしいことよ。でも、やり過ぎはよくないわ。あなたからも注意をしておいてくれると助かる。まぁ、昨日の時点で『口説くのは私だけにして下さい』ってお説教しておいたんだけどね〜！　お父さん、私は全然タイプじゃないんだって」

彼女はそう言うと「あはは！」と盛大に笑い、那津さんの背中を叩いて去って行く。その威勢の良さに思わず笑ってしまったが、隣に佇んでいる天堂さんを見ると変わらず険しい表情だった。

いくつかの角を曲がり、〈二〇八・志村篤郎様《しむらあつろう》〉と表札に書かれた扉の前で那津さんが足を止める。

「この病室の中にいる」

彼が扉を開けると、こぢんまりとした六畳ほどの空間が広がり、部屋の中央に設置された横向きのベッドの上に五十代くらいの男性が横たわっていた。この人が那津さんの父親か。

「よぉ。アンタら、遅いじゃないか」

酷くしゃがれた声がするのと、鋭い眼光《がんこう》を感じるのは、ほぼ同時だった。ピンクの患者衣に身を包んだ男性はテレビリモコンを手に取り音量を下げ、苦しげに咳払いをひとつする。

以前エヴィエニスの楽屋で見た写真の姿からは随分瘦せていたが、端整な顔立ちは職業・俳優と言われても信じそうなほどに美しく、病に臥《ふ》せりながらも匂い立つような危険な色気があった。

「は？　俺ら、今日この病院に見舞いに来る人の中で一番乗りの自信あるぞ。ってか、新人看護師の子にセクハラしたんだって？　みっともないからマジやめろ」

冷たい口調の那津さんを横目に、私と天堂さんは顔を見合わせる。その後もしばらくの間、親子による辛辣《しんらつ》な会話は続いた。

「エロいナースを俺の病室に寄越す、病院側の責任だろ」

「ナースじゃなくて、看護師な。そうやって人のせいにするなら、今すぐ医療費の支払いを止めて野晒しにするぞ。早くくたばりやがれ、このクソエロ親父」

「親に向かって、その口の利き方はなんだ。そんな息子に育てた覚えはない。俺はこの病院で面倒を見てくれる姉ちゃん全員とヤリ終えるまで、一歩もこの部屋から出ない。たとえ道半ばで死んだとしても、必ず地縛霊《じばくれい》になって化けて出てやるからな」

「口で言う分にはタダだから良いよなぁ。でも、今の時代、そういうギャグはクソ寒いし、誰にも受け入れられねぇからな。そのうち誰かに訴えられるぞ。冥土《めいど》の土産《みやげ》に覚えておけ」

「俺は、いつも本気だよ。でも、女とヤルには金がかかる。那津、早速だが小遣いをくれ」

「アンタにやる金なんて、もう一銭も残ってないわ。お願いだから早くくたばってくれよ」

しかし、発言とは裏腹に、那津さんは篤郎さんに白い封筒を渡す。彼は封筒を受け取ると素早く上半身を起こし、中身を確認する。その後、すぐ「シケた額だ。俺はもうすぐ死ぬっていうのに」と悪態《あくたい》をつくが、「でも、ありがとな。いつも頼りにしてるよ」と言って満面の笑みを浮かべた。

先ほどまでの険しい表情とは打って変わり、その無邪気な笑顔に惹き込まれる。その瞬間、那津さんとの会話を思い出した。

――たまに優しくされるとそれがあの人の本当の姿なんじゃないかって一瞬、信じちゃうんだよ。

例えばそれは、今のようなタイミングなのかもしれない。思い切って私は、彼らの会話を遮る。

「お父様。お話の途中に、すみません。私、白石葉と申します。普段は那津さんと天堂さんと一緒にMaison de Paradiseで働かせてもらっています。申し遅れましたが、料理人をしています」

「おや、まぁ。かわいらしいお嬢さんだこと」

篤郎さんは、先ほどまでの殺伐とした雰囲気が嘘のように頬を緩ませる。声のトーンを私に寄せたつもりか、なぜか甲高《かんだか》い声だった。手招きをされて一歩前に出ると、彼はこちらの顔をじっくりと眺めて言った。

「君は、若いのに随分と苦労したんだね」

「……え?」

「顔に書いてある。傷ついても傷ついても、太陽に向かって立ち上がる報われない向日葵《ひまわり》」

「あの、何を仰っているのかよく分からないのですが……」

「でも、女っていうのは、傷つけば傷つくほど美しくなるから良いんだよ。君はこれから、もっと熟して素敵になる。今はまだ、この言葉の真意は分からなくて良い」

こちら側を射貫くような眼差しに、身体が動かなくなる。すかさず那津さんが「おい、うちの大切な料理人にキモい表現をすんな」と止めてくれたが、心の奥底のザラついた部分を掴まれた気がして、なぜか動揺が止まらない。

「ほら、俺の恋人にも、ちゃんと挨拶しろ」

息子に促され、その眼差しは天堂さんに移ると思いきや、変わらず私のほうに注がれている。彼は言った。

「まず彼女に自己紹介させてくれ。改めまして、那津の父の篤郎です。今はこうして入院中だけど、昔はいっぱい女の人と遊んでました。でも、それも今日で最後だ。こうして君という天使に出会えたんだからね。俺も年貢の納め時かな」

そう言ってニッコリ微笑み、握手を求めてくる。躊躇いながら手を差し出すと、強く握り返されたので再び動揺した。再び那津さんが口を開く。

「早く俺の恋人に挨拶しろ！」

「さっきから邪魔ばっかりしやがって。そこにいる暑苦しいおっさんが、お前の恋人か？」

天堂さんが、斜め後ろのほうで動揺しているのを感じる。慌てて後ろを振り向くと、彼は緊張した口調で言った。

「お父様。初めまして。那津君とお付き合いさせてもらっています、天堂拓郎《たくろう》と申します」

「こんにちは。職業や年齢は息子から聞いているし、説明しないで結構だよ。ところで君、単刀直入に言って、息子と肉体関係はあるの？　まぁ、あるよね。付き合ってるんだから」

篤郎さんの言葉に一瞬、場の空気が凍る。

「……それは、なんと申し上げたら良いか。そういった類のことはプライベートですので」

天堂さんが口籠《くちご》もっていると、彼は言った。

「君、よくこんなに若い男に手を出そうと思ったよな。もちろん愛があれば、年の差なんて関係ない。でも、個人的にはここにいる料理人の女の子と那津がデキちゃうパターンのほうが良かったな。ご覧の通り俺は女性が大好きだし、自分に娘が出来るのが夢だったしなぁ」

すかさず那津さんが言う。

「……いい加減にしろよ。いくら病人だからって、言って良いことと悪いことの区別くらいつけろ」

その声は怒りのせいか震えている。彼は、言葉を続けた。

「このおっさんは今後、アンタの入院費を払ってくれるんだぞ。感謝の気持ちを幾ら伝えても足りないくらい救世主だっていうのに、それを分かっててそんなナメた口利いてんの?」

その言葉を聞いた途端、篤郎さんは低い声でゲラゲラと笑い始めた。

「那津。お前、良い男を捕まえたなぁ。でも、それは純粋な恋愛感情か? それとも無意識のパパ活じゃないのか? どのみち、お前を小さな頃からキャバレーに連れ回して、オジサン受けが良いように仕上げた俺のおかげだな! 因果応報《いんがおうほう》、いや、違う。善因善果《ぜんいんぜんか》! 俺の子育ての成果、願ったり叶ったり。むしろ、お前のほうが俺に感謝しろよ」

私は必死に話に割り込むタイミングを探る。このままでは那津さんの怒りがピークに達し、由々《ゆゆ》しき事態になるのではないかと心配だった。しかし、次の瞬間、天堂さんがピシャリと言った。

「お言葉ですが、お父様。僕は可笑しくありません。那津はあなたの所有物ではありません」

笑い声が止まり、部屋中がシーンと静まる。

「僕は、那津を本当の家族だと思っています。家族が大変な時、経済的、精神的に支援するのは当然です。ですから、僕は喜んで『お金払いオジサン』になります。それを仮に、パパ活と言われようと構いませんし、僕が援助をすることについてお父様は何も思う必要はありません。僕が勝手に買ってでたんですから。ただ、ひとつだけお願いがあります」

「何だ？」

その静かな迫力に怖気《おじけ》づいたのか、篤郎さんの声はわずかに痰《たん》が絡んでいる。

「今日を境に、彼を解放してやって下さい」

すかさず天堂さんを見ると、彼は目に薄《うっす》らと涙を浮かべていた。

「闘病中のお父様に言うべきではないかもしれませんが、那津に自分の人生を生きる権利を与えてやって下さい。彼は小さな頃から、ずっとあなたの言いなりでした。僕は最初にその話を聞いた時、理解出来ませんでした。そして、会ったこともないあなたを憎みました。僕の大事な恋人の人生をこれだけめちゃくちゃにしておいて、のうのうと身勝手に生きるあなたが許せないとさえ思いました。でも、最近、分かったんです」

開け放たれた窓から一筋の風が吹き、鳥の鳴き声がする。どこからか「ママ〜！　お腹空いた〜！」という子供の声がして、まもなく昼食の時間を迎えるということが分かった。

「那津はどれだけお父様に最低な行為をされても、最後には愛しているのだと。それゆえ、献身的に支えているのだと。ようやく分かりました。だから僕も、お父様を愛そうと思います。これは僕自身が決意したことなので、お父様が僕を嫌いでも全く問題ありませんし、『暑苦しい奴』とか、『こんなおっさんなのに息子に手を出しやがって』と、ウザがられても構いません。むしろ、あなたに嫌われるのは本望です」

その時、テレビで女性アナウンサーが「ゴールデンウィークの予定はお決まりですか〜？」と微笑んでいる姿が流れた。まるで誰もが、健康的生活を送っているのが当たり前であるかのような言い方だった。

思わず篤郎さんのほうを振り向くと、冷め切った表情をしている。彼は言った。

「で、話はそれで終わりか？」

「……え？」

「では、土産をくれ」

「……あの、何を仰っているのでしょうか？」

「早いところ土産をくれ。さっきから君が手にしている紙袋が気になってたまらないんだ。中に入っているのは高級フルーツか？　札《さつ》が入った饅頭か？　早く見せてくれ」

彼は天堂さんの思いを取るに足らないことだとでも言うように、手を差し出して物を乞う。このタイミングでそんな行為をするなんて、信じられなかった。

「……お父様に、僕の気持ちは届いていますか？」

天堂さんが、ぽつりと言う。

「悪いけど、君の話に興味がない」

ため息をついて、彼は言葉を続ける。

「今日は那津から今付き合ってる男を紹介するという連絡がきて、料理人の姉ちゃんも連れて来ると言われて。俺の中ではそれで良いんだ。それなのに会いにきたと思ったら、たかだか到着して五分か十分でこんなに重い話をされて困るよ。息子を解放してくれと言われたって、那津は俺が死んだ嫁さんと作った子供だし、とやかく言われる筋合いはない」

篤郎さんは「金を出してくれるのはありがたいが、説教するつもりなら金か土産を置いて、とっとと帰ってくれ。迷惑だ」と言葉を続けると、こちらを手で追い払う仕草をする。

次の瞬間、天堂さんがベッド横の台の上に花屋の紙袋を置いて、足早に病室から去った。追いかけるようにして那津さんも出て行き、残された私は篤郎さんと目を見合わせるしか、為す術がなかった。

結局、天堂さんも那津さんも病室に戻って来ず、残された私は篤郎さんとハーバリウムの入った花屋の紙袋を開封したり、彼が昼食を食べることを手伝ったり、やたらと近距離であやとりをしたりして、一時間ほどの時を過ごした。

二人きりになると篤郎さんは意外にもしおらしく、ふと何か考え事をしているような瞬間があった。私は無言が訪れるのが恐怖で、結婚生活が破綻したことやMaison de Paradiseで働くことになった経緯をひたすら細かく伝えてしまったが、彼は飽きることなく話を聞いてくれた。先ほどの発言の真意は分からないが、こちらの話に興味を持つ姿に偽りは感じられない。

むしろ真剣に耳を傾けてくれる姿に好感すら覚えて、生粋《きっすい》の悪人には思えなかった。

ふと、篤郎さんと英治の姿が重なる。彼らには、他人を自分の思い通りに動かそうとする共通点があった。しかし、篤郎さんはおそらく自覚があり、英治には自覚がない。

どちらも身勝手であることには変わりないが、私は篤郎さんに、ある種の孤独を感じた。息子を支配したり、女性を口説いたりすることでその孤独は一時的に紛れるかもしれないが、最終的には彼自身が解決を図っていくしかないのだろう。

そろそろお暇《いとま》しようとしたタイミングで、ちょうど那津さんから〈悪いけど、駐車場来て。おっさんと一緒に車に戻ってます〉とＬＩＮＥがきたので、彼に声をかける。

「ぼちぼち行きますね。私は何も言えた立場ではありませんが、天堂さんにも那津さんにも普段からとても良くしてもらっていますし、尊敬しています。これからも、ずっと二人と仲良く暮らしていけたらと思っています。ですから、その、どういうわけでもないですが、とにかく那津さんを産んで下さって、本当にありがとうございました」

伝えたいことが定まらないまま思いを口にしてしまい、奇妙な礼を言ってしまう。すると、篤郎さんはクシャッと柔和な顔をして、「産んだのは死んだ嫁だよ。もうすぐ俺も向こうの世界に行くから伝えておくけどね」と、冗談とも本気ともつかないことを言う。

「少し冷えてきたから、帰る前に窓を閉めてくれるかい？」

「はい」

言われた通りに窓を閉めに行くと、彼はさりげなく言った。

「いつか君は、あの店を出たほうが良いかもしれない」

「……え？」

「いつまでも恋愛関係にない男達と暮らすと、メスとしての魅力が退化してしまうからね」

本当はクリアに聞き取れたが、わずかに微笑んで聞こえなかったふりをする。

「また遊びに来てくれるかい？　今度は一人でおいで。それまでは俺も、生きていたいよ」

そう言って、寂しそうに笑う。その時、再び心の奥のザラついた部分を掴まれた気がした。


駐車場に向かうと、天堂さんも那津さんも車内で疲れ切っていた。急いで助手席に乗り込み、シートベルトを装着する。

「とりあえずお父様と世間話をしたり、あやとりをしたりして過ごしました」

二人に報告すると、那津さんが「ナイスフォロー」と後部座席で呟き、天堂さんはエンジンを掛けながら「またしても白石さんに見苦しい姿を見せたね」と気まずそうにしている。

「そんな風に思っていません。天堂さんのお怒りはごもっともだと思いますし、私こそ何もお役に立てず申し訳ありませんでした」

思ったことを素直に口にすると、彼は「謝らないでくれ。君は何も悪くないんだから」と言って出発した。無言が続く中、那津さんが深いため息をつき微妙な空気が流れる。この雰囲気をどうにかしたい一心で、私は口を開いた。

「あれだけ傍若無人《ぼうじゃくぶじん》なお父様で、大変ですね」

そんな言葉を口走ってしまう。言ったそばから、これではまるで篤郎さんに対する陰口だと思った。

「すみません。そんな言い方をしたら、那津さんにも失礼でした」

すぐ詫びるが、彼は至って冷静である。それどころか「そんな甘っちょろいもんじゃない。最近のあの人は、病気を盾《たて》にした承認欲求モンスターだ。元々ヤバイけど、どんどん歯止めが利かなくなってる。二人にも迷惑かけて、本当にごめん」と付け加える。

車は高速道路を走り、着々と店に向かって進む。車窓から流れゆくビルや住宅街の景色を見ながら、なんだか胸がいっぱいになってしまった。

直帰すると思いきや、何やら後ろで那津さんがモゾモゾしている。思わず振り向くと、彼はシートベルトをしたまま腰を反らしたり、足を組んだり腕を伸ばしたりしてストレッチをしていた。

「今日は新しいショーのリハーサルがあるから、俺は家に帰らない。このままエヴィエニスまで送ってもらう。疲れてるところ寄り道させてごめん。勿論、アンタは家に帰って良いから」

「疲れているのに、働きすぎじゃないですか？　昨日もラストまで店に出て、今日は午前中からお父様のお見舞いで、さらにダンスのリハーサルって……」

驚きのあまり声をかけると、彼は意外な言葉を口にした。

「心配してくれてありがとな。俺、本物の家族はヤバイけど、大人になってこのおっさんとアンタに出会えたことで人生万々歳だわ。血の繋がりはなくても、家族みたいに思える。店のお客さんも時々、家族みたいだなって思う。もうそれでいい。マジでいつも感謝してるから」

「……え？」

ここまで素直に感謝の気持ちを告げられたのは初めてで、なんだか拍子抜けする。普段は「お前と違って俺は若いから平気だ」とか、「二十代には無限の体力があるんだよ」と言い返してくるので、なんだか張り合いがなかった。

「やめてください。那津さんにそんなこと言われると、季節外れの大雪や台風が来るんじゃないかって不安になります。それとも、今日は空から槍《やり》でも降るのかな」

ついそんなことを口走ってしまう。那津さんは「たまには俺も素直なのよ」と言って、ニッとはにかむ。皮肉にも、その顔は篤郎さんとそっくりだった。続けて彼は言う。

「俺はもう、あの人を好きか嫌いかということは、考えないようにする」

「……あの人って、篤郎さんですか？」

「そう。なんか今日、おっさんに最低な態度をとる父ちゃんを見て、マジ殺意が湧いてさ。唯一の身内なのに、そんな感情になるのが嫌で落ち込んだけど」

彼はストレッチだけに留まらず、軽い発声練習を交えながら言った。

「考えても答えは出ない気がしてきた。ただ、今は放っておけないから面倒をみる。でも、いつか限界がきて父ちゃんの面倒を見るのを放棄したとしても、それはそれで良いやって、自分の醜い感情を許しながらあの人と向き合っていくことにするわ」

堪らず運転席の天堂さんを見ると、彼は押し黙っている。私は振り絞るように「……はい」と短い返事をすることしか出来なかった。


「近くのホテルでも寄って、ちょっと遅い昼食をとるかい？」

那津さんをエヴィエニスまで送った後、天堂さんは気を遣いそんな提案をしてくれたが丁重に断った。彼には言えなかったが、私は今さらになって篤郎さんの強烈さに酔ってしまい頭がボーッとしていたので、早く家に帰りたかったのである。

車を車庫に入れて、各々の部屋に荷物を置いたり、手洗いやうがいをしたりして自然と一階に集まる。すかさず天堂さんは、厨房の中にあるドリンク用の冷蔵庫に向かった。

そのまま注ぎ口にラップが巻かれた既に開いているボトルを取り出すと「昨日の営業で残ったワイン。酸化してるし、飲んじゃおうよ」と言って、私が頷くそばから二つのグラスになみなみと注ぐ。

量の多さにギョッとしたが、「こんなに沢山飲めません」とは言えず、笑顔で受け取ると、飲み過ぎないよう用心しながら口をつけた。

スタッフルームにエプロンを取りに行き、私も厨房に入る。さて、昼食をどうしようかと考えていると、昨夜のディナー営業の残りがあったことを思い出したので彼に告げた。

「昨日のキノコグラタンが少し残っています。それを温め直して食べるのはどうですか？」

「いいね！　最高だ。というか昼食作り、お任せしてしまって良いのかい？　白石さんには迷惑をかけてしまったし、良かったら僕が適当にパスタでも作るよ」

「いいえ。お皿に取り出して温めるだけですから。私に任せて下さい」

冷蔵庫からグラタンの入った容器を取り出し二つの耐熱皿に取り分け、上からパルメザンチーズをたっぷりとかけてオーブンに入れる。

十分間のタイマーをかけた後で厨房を離れ、カウンター席にランチョンマットを敷いたりカトラリーを並べたり、チェイサーを用意したりして、淡々と昼食の準備をこなした。

その間も彼は、物凄い勢いでワインを飲み続けている。つい「ピッチが速いです」と指摘をしてしまったが、「これくらい朝飯前だよ」と言って、笑ってあしらわれた。

あっという間に十分経過のアラームが鳴り厨房に戻る。オーブンの窓から確認すると焼き加減バッチリだったので、両手にミトンを装着しカウンターに一皿ずつ並べた。

「完成です。食べましょう」

店の真ん中で豪快に飲み続ける天堂さんに声をかけると、「美味しそう！」と子供のような声を出して着席する。私も空腹が限界に達し、急いでエプロンを外して彼の隣に座った。

「いただきます」

同時にそう言って、食事に集中する。

キノコとバターの旨みがたっぷり染みた、ホワイトソース。すくい上げたスプーンの上でとろける、濃厚なシュレッドチーズ。

業者からこだわって仕入れているアルチェネロの有機ペンネは食感が良く、一晩経っているにもかかわらず味付けが安定しているため、殆ど質が落ちていない。

料理人としては喜ばしいはずなのに、なぜか今日は気分が乗らない。理由は、なんとなく分かった。私は、篤郎さんから掛けられた言葉を気にしている。

——いつか君は、あの店を出たほうが良いかもしれない。

随分と勝手なことを言うと思った。この店で私が自分自身を取り戻すため、どれほど葛藤し、苦悩してきたか彼は知らない。にもかかわらず、なぜ分かったような口を利けるのか。

つい、天堂さんに心の内を吐露したくなる。しかし、私が口を開くのと同時に彼は言った。

「今日の僕、みっともなかったよね」

「……え?」

「相手は病人だっていうのに、一方的に相手を責めて、挙句の果てに病室から去って。もう最低の次元だよね」

返す言葉を見つけられない。「そんなことないです」と言うのは簡単だが、今の彼に必要なのは、そんな容易い言葉ではない気がした。

「いつも占いのお客様に『理性で感情をコントロールしましょう』なんて言ってるのにね。自分自身が体現出来なかったことが、壮大なブーメランに感じられるよ。弱っている人に思いをぶつけて、無理に気持ちを消化しようとして愚の骨頂だ。本当は分かっていたのにね。今日お父様に会ってしまったら、僕は本音をぶつけてしまうだろうって」

　そう言って、ワイングラスに口をつける。

「本音をぶつけるのは、そんなに悪いことでしょうか？」

　思わず私が尋ねると、彼は顔色ひとつ変えずに言った。

「少なくとも、僕の美学には反する行為だった」

「……はぁ。美学ですか」

「それに、スッキリしなかったんだ。本音をぶつければ心が晴れると思っていたのに、実際は何も変わらなかった。前に僕は、君に『他人には向き合い過ぎず、表面的に接することも必要だ』って言ったね。それなのに、結局は僕自身が人に噛み付いて、心のどこかで自分の気持ちを正当化しようとしている。偽善者だ。最悪だよ。死にたい」

　その時、つい本音が口を衝《つ》いた。

「別に良いんじゃないですか？　誰かと分かり合うために本音をぶつけるんじゃなくて、『やっぱり他人とは分かり合えない。クソ。現実はいつも思い通りにいかない』って、それを実感しただけでも、今日の出来事には凄く意味があったんじゃないでしょうか？」

　言葉に熱が入ってしまう。

「ははは。白石さんから、クソって言葉、初めて聞いた気がするよ。これからは積極的に使ってね。言葉遣いなんて、それこそクソ喰らえだからさ……」

途中から声が小さくなっていることに気づき横を向くと、彼はこちらに顔を向けた状態で身体を突っ伏して寝落ちしている。

髭周りにホワイトソースを付けて熟睡するその顔を見て、あ、愛おしいと思った。しかし、それは恋愛感情ではなかった。家族のような感情でもなかった。あえて言語化するならば、そこにあるのは絶大なる安心感だった。

この人は絶対に私を傷つけない。おそらく私も彼を傷つけることはしない。そこには他人として境界線が明確に引かれ、干渉しすぎないように、常に一定の距離感が保たれている。こんな感情を人に抱いたのは初めてで、この名前の付けられない関係に私は救われてきた。

ずっと、天堂さんに憧れていた。自分には決して彼のような聡明な考え方は出来ないと思っていた。しかし今、目の前の男は私と同じようなことで悩み、迷っている。

その瞬間、限りない親しみを覚えた。そして、私自身も片付けなければならないことがあると気付く。

「ご馳走さまでした」

そう呟くと、椅子から立ち上がり全ての食器を流しに運ぶ。それから天堂さんを起こさぬよう慎重にランチョンマットを回収し洗濯用カゴに放り込むと、その足で二階に向かった。

自室でスマホを、リビングのソファーで薄手のブランケットを手に取ると一階に戻り、ブランケットを彼の背中に掛ける。その後、再び彼の隣に座るとスマホを手にして、ＬＩＮＥのアプリを開いた。

英治とのやりとりを探すと、すぐ見つかった。彼のアカウント画像は、以前はハムスターのペット・天ちゃんの写真だったが、今では見知らぬ猫が眠っている写真に切り替わっている。最後のやり取りは半年前。こんな一文を、こちらから送っていた。

〈私は、もう限界です。帰りません〉

当時の感情を思い出して呼吸が浅くなるが、心を落ち着かせてメッセージを作成する。

〈久しぶり。ずっと連絡出来ず、ごめんなさい。会って、話したいことがあります。近々、会えますか？〉

送信。

すぐ既読。

〈はい〉

短い文面に動揺する。

〈場所と時間は、こちらで指定しても良いですか？〉

送信。

再び、すぐ既読。

しかし、次のリアクションがない。

考えてみれば、私は英治に何かを頼んだ経験がほとんどなかった。

もしも頼めば、難色を示して不機嫌になるに違いなかったからだ。

思わず「送信取消」をタップして、何事も無かったことにしたくなる。

しかし、ここで消してしまったら、何も変わらない。そう思い必死に耐えた。

再び新着メッセージが届く。

〈はい〉

その一文を見て、私は即座にMaison de Paradiseの住所を送った。〈来週の月曜日、仕事が終わってからで良いので此処に来て下さい。よろしくお願いします〉と一文添えて。


その日は、朝から気持ちが良いほどに晴れ渡っていた。

私は午前中から部屋に入念に掃除機をかけ、洗濯を行い、店で使うエプロンにアイロンを掛けてから食材の買い出しに出かけ、いつも通りに休日のルーティーンを過ごしていた。

その様子を見た那津さんが「辞世《じせい》の句でも詠んで、いなくならないよな？　妙に落ち着いてて怖いんだけど」と心配をしてくれたが、私の心は今日の天気のように晴れやかだった。

足掻《あが》いても仕方がない。そう思うに至り、「後は野となれ山となれ」という心境だったのだ。

事前に天堂さんと那津さんには今日の夕刻、店に英治が来ると伝えていたが、私より彼らのほうが動揺し、「何かあったら警察に通報する」とか、「相手が刃物を持っている可能性もあるから、防刃《ぼうじん》チョッキを着たほうが良いんじゃない？」と真剣に勧めてきた。

「大丈夫です」

そう言って一蹴する。本音を言えば、百パーセント大丈夫かどうかは分からなかったが、最後は円満に話し合い、出来ることならば夫であった人を少しでも理解したいと思った。

十七時が定時の英治は、おそらく十八時頃には来るはずなので、それまでに支度を整える。夫婦で話し合う最中は、天堂さんと那津さんには二階で待機してもらうように頼んだ。

どんな服を着て迎え入れるべきかと最後まで悩んだが、白シャツにジーンズ、そして普段から店で付けているカーキ色のエプロンをして、髪はシンプルに一本に束ねることにした。

自室で軽く化粧をする途中、鏡を見て、彼と住んでいた頃は爪の色から化粧の仕方、下着の色まで何もかも全てが決められていたと思い出す。今でも朝起きた瞬間、「今の生活は夢で、『本当の私』は地縛霊のように英治のそばから離れられず苦しんでいるのではないか？」と思う癖が抜けない。

刻々と夕方が迫り来る。どこで彼を待つべきか迷い、ひとまず厨房の中で待つことにした。

予定通り十八時に扉が開くと、そこには見慣れた男性の姿があった。

すらりと伸びた長い手足。奥二重の瞳、薄い唇、こけた頬。髪は少し短くなり、生成《きな》り色のTシャツとグレーのパンツを身につけている。足元には洒落たスニーカーを履いていた。

平日はスーツで出勤しているはずだが、なぜ私服なのだろう。いずれにせよ、この服装は本人のセンスとはかけ離れているため、今の彼には背後に他の女性がいるとなんとなく悟った。

「いらっしゃいませ」

あえて、お客さんを招き入れる時と同じトーンで話しかける。

「葉ちゃん、ちょっと太った？」

第一声が私の見た目に関する感想であることが、あまりに彼らしい。堂々と私は言う。

「毎日お店で料理してるから、味見しているうちに二キロ太ったの。でも、これが今の私」

「……料理人として働いているの？　調べたら、ここ、飲食店みたいだけど」

「うん。家を出た日、この店のオーナーと街で偶然出会って、働かせて貰うことになって。二階に住居スペースがあって今は住み込みだけど、今後は一人暮らしも視野に入れてる」

その言葉に、自分でも驚く。

「とりあえず、好きなところに座って」

そう案内すると彼がカウンターの一番奥に座ったので、手元に水の入ったグラスを置く。指先をじっと見られ「今はネイルはしてないんだね」と言われたので、「うん。本当はずっとしたくなかったんだよね」とさりげなく本音を伝えた。

「え？」

「だから、本当はずっとやりたくなかったの。ネイル」

「あ、そう」

「……うん」

その瞬間、勢い良く扉が開く。何事かと思い入り口に目をやると、そこには日菜子《ひなこ》さんが立っていた。ボーダーのトップスにジーンズと、いつもより随分カジュアルな服装である。

「ねぇ、葉さ～ん。娘のピアノの先生がまた酷いんですぅ～。ちょっと愚痴聞いてよぉ～」

緊迫した状況にそぐわない陽気な声が響き渡り、混乱する。しかし、私は出来るだけ冷静に彼女に告げた。

「日菜子さん。店頭の張り紙を見て分かっているはずだけど定休日です。大事なお客さんが来ているので、申し訳ないけど帰って。また日を改めて下さい」

しかし、彼女は帰らない。それどころか瞳を見開き「この人、もしかして葉さんが言ってたモラハラ夫⁉」と興奮気味に口にする。それを聞いた私は怒る気力すら失せ、素早く入り口に向かうと「また今度、ゆっくりどうぞ」と言って、どうにか彼女に出て行ってもらった。

静まった店内で英治を見ると、彼は「……モラハラ夫って」と鼻で笑い、全く見当違いなことを言われて呆れているような、困っているようなニュアンスを醸し出している。

「今の女性は、常連さんなの」

「勝手に人をモラハラ扱いして酷いね。もしも名誉毀損で訴えたら、絶対に僕が勝つよ。……今の話の感じだと、もしかして葉ちゃんが、お客さんに余計なことを吹き込んでいるの？」

冷たい視線を浴び、背筋が凍る。あの頃と同じように「この人の言うことは全て正しい」と暗示にかかりそうになり、許して貰えるまで何度でも謝罪したほうが良い気がした。しかし、恐怖を断ち切って言う。

「彼女も、別居中の旦那さんからモラハラを受けていたんだって」

「彼女……も？」

彼は両手をポキポキと鳴らし、まるでサンドバッグを殴るような勢いでこちらを睨み付ける。

一緒に住んでいた頃、手を上げられたことはなかったが、こうして「殴る直前の雰囲気」を出されたことが度々あり、それがとても嫌だった。

窓から夕日が差し込み、眉間に皺を寄せた彼の額に光が当たる。覚悟を決めて私は言った。

「あなたが私にしてきたことは、精神的ＤＶだよ。専門の更生プログラムを受けたほうが良いと思う。お願い。別れて下さい」

彼は椅子から立ち上がり、左拳を高く挙げる。怒りのせいか顔は赤くなり、腕には血管が浮き出ていた。心なしかその拳は震え、殴られるかもしれないという恐怖で私は顔を覆う。

勢い良く拳が振り下ろされ、ドンと大きな音が響く。衝撃でテーブルの上に置かれていたグラスが床に落下した。

ガシャーン。

耳をつんざく音と共に、ガラスの破片が散乱する。私はすぐさまスタッフルームに向かい、ちりとりと箒《ほうき》を持って片付けに入った。

「大丈夫？　怪我はない？」

「え？」

「だから、怪我はないかって聞いてるの」

彼はまさか自分が心配されるとは思っていなかったようで唖然としているが、私としては「大切なお客様」をケアするのは当然だと思った。

「うん。大丈夫。ごめん。割っちゃって」

った。


「大丈夫よ。そのまま、じっとしてて」

大きな破片を片付けた後で、今度はハンディ掃除機を用い、小さな破片を吸引していく。

英治自身も自分の行動に驚いたようにバツが悪い顔をしているが、彼の瞳を見つめて私は言った。

「そうやって精神的に追い込んで、私を支配しようとするところが大嫌いだった」

気がつけば日が落ちて、どこからかニャーニャーと猫同士が喧嘩する声がする。鳴き声が最高潮に達した時、英治は言った。

「……ったく。勝手に出て行って、散々迷惑かけて、よく言うよ」

本性が出たと思った。この人は悪態をつく時、左頬にわずかに窪《くぼ》みが出来る。その窪みさえも愛おしいと感じたことが、かつての私にはあった。しかし今は何も感じない。何も。

「あなたといる限り、自分の人生を生きられないと思った」

「一人じゃ何も出来ないくせに。僕の経済力で生活が成り立って、僕のおかげでそれなりに良い暮らしが出来てたのに、放棄するなんて馬鹿だろ？　どうせ、こんな小さな店の料理人として働いたところで収入もたかが知れてるのにさぁ。あーあ。本来の葉ちゃんは、おっとりとしておおらかで、そこが良いと思って結婚したのに見誤ったかなぁ」

その言葉で、私達が出会った日を思い出した。

五年前、ホール兼料理人として働いていたレストランに英治が同僚と夕食をとりに来た際、オーダー時に「おすすめは？」と聞かれた私は、「そこそこ何でも美味しいです」と答えた。

その日に限って珍しく店がバタつき、気の利いた返事が出来なかったのだ。しかし、その正直さに嵌まったのか、彼は大笑いすると、以降、私を「そこそこさん」と呼ぶようになった。

「そこそこさん。ワインのおかわりを貰えますか？」

「そこそこさん、他にも美味しいお店教えて下さい」

そして会計時、「君、面白い女の子だね。連絡先を教えてよ」と口説いてきたのだった。

以来、私達の関係は始まり、楽しい日も、嬉しい日も、苦しい日も、辛い日もあった。彼を本気で好きだ、と思える日も確かにあった。でも。

「あなたがそう思い込んでいただけで、本当の私は強さも、ずるいところも、せっかちなところもあるよ。それは、この店で働くようになって気づいたことだけど」

「僕の前では、良いところだけを見せてたってこと？　じゃあ、こっちは被害者だね。君に騙されたんだから」

「違う。本当は色んな自分がいたのに、私自身もそれに気づけなかっただけ。英治と一緒にいるといつも怖くて、怯《おび》えて、全然、伸び伸び出来なかったから」

その時、えも言われぬカタルシスを感じた。震えが止まらない。全身から熱い思いがたぎり、もう思いを伝えることを止められなかった。しかし、彼は表情ひとつ変えない。それどころか、腕時計を見ながら時間を確認している。

「……急いでいるみたいだけど、何か予定があるの？」

つい尋ねると、彼はこともなげに言う。

「実は今日、有給をとったんだ。この後、隣町に映画を観に行くから長くはいられない」

「映画？　一人で？」

「いや、最近、会社の女の子がよく家に来て、ひと通り家事をやってくれているんだけど、その子が『どうしても一緒に映画が観たい』って言うから。あ、分かってると思うけど、別に不倫とかじゃないからね。向こうがアプローチしてくるから付き合ってあげてるだけ」

「もしかして、その女性、猫飼ってる？」

「……何で知ってるの？　怖いんだけど」

「英治のLINEのアイコンが天ちゃんから猫に変わってたから、なんとなくそう思って」

「あぁ。天ちゃんなら、とっくに死んだ。でも、彼女の飼っている猫がまた可愛いんだよ」

そう言って彼は、天ちゃんを溺愛していたことなど忘れてしまったかの如く目尻を下げる。

その瞬間、彼にとって愛情を注ぐ対象はいつも流動的で、次のお気に入りが出来れば過去のお気に入りなど、どうでも良いのだと知った。

そして、新たな被害者が生まれていると予感した。外面の良い彼の罠に、また一人の女性が引っ掛かっている。萌美《もえみ》さんに続き、またしても社内で女性関係を広げているのか。せめて、彼が次のパートナーとは誠実に向き合えますように。

「私達、もう戸籍の上で夫婦なだけだし、他の女性と付き合っても全然良いと思うよ」

動じない私を見て、何を思ったのか、彼はこんな言葉を投げつけてくる。

「彼女は、僕が言えば、料理も掃除も洗濯もアイロン掛けも、なんでもやってくれるんだ。誰かさんと違って途中で生活を放棄して家出することもないし、従順で凄く良い子だよ」

　勝ち誇ったような表情を浮かべる彼を前に、私は言った。

「それくらい自分でやりなよ」

「……え?」

「私も彼女も、あなたに忠誠を尽くすロボットじゃない。心を持った人間だよ。自分の思い通りにならなくても相手を受け入れたり支えたりして生きていくのが、パートナーが存在する意味なんじゃない?」

　知ったような口を利いてしまったと思った。そんなこと、今の私だって全く出来ていない。でも、間違っていない気がする。

　その時、二階からゴンと物音がした。上で待機中の天堂さんか那津さんが物を落としたか、食卓やソファーを移動したかしたのだろう。音を聞いた英治が口を開いた。

「一応聞くけど、葉ちゃんは僕と離れて暮らす間に、まさか新しい男とか作ってないよね?」

「男は作ってないけど、大切な家族は二人出来た。二十四歳の男の子と、四十五歳の男性」

「……は?」

「意味分からないよね。私も自分で意味が分からない。だから、別にどう思われても良いよ。ただ、血の繋がりがなくても、恋愛感情がなくても人は繋がれるってその人達に教わった」

「……あのさぁ、事情は分かんないけど、怪しい宗教とかネットワークビジネスに入ったりしてないよね? 離婚するのは良いけど、財産分与は勘弁してね。君が出て行ったんだし」

「お金は、一銭も要らない。むしろこの半年間、携帯料金を払い続けてくれてありがとう。払ってくれた分は少しずつ返すから。今はこうして働いているし、それくらいの余裕なら私にもあるし。名義変更の書類だけ、今度書いて送ってほしい」

一瞬、彼が言葉に詰まった。もっと私が動揺したり、反論したりすると思ったのだろう。

「すっかり忘れてた。でも、まぁ、君がそう言うならお言葉に甘えて」

英治は落ち着かない様子で鼻の頭を掻く。それは彼が焦った時に見せる仕草で、その言葉は嘘だと踏んだ。おそらく料金を払い続けることで、彼は私との接点を残しておいたのだ。

――それは、私のため？

――いや、英治は、私が自分のもとに戻って来ると信じて疑わなかったのだろう。

その証拠に、彼の左手薬指には、未だ結婚指輪が光っている。私は店に辿り着いた数日後に指輪を外し、とっくに自室の引き出しに仕舞ったというのに。

無言で見つめ合う。決して恋人同士のように甘美な見つめ合いではなかった。互いに互いが何を考えているのか探り合うため、一時の油断も許されない緊迫感ある見つめ合いだった。

「映画、何時から？」

「二十時ちょっと過ぎ」

「じゃあ、まだちょっと時間あるね。もう少しだけ、ここに居てくれない？」

こちらが引き留めたことを意外に思ったのか、彼は目を見開く。しかし、これには私なりの思惑があった。その前に、ずっと伝えたかった言葉を告げる。

「英治。ごめんね」

「何について謝ってるの？」

「長く一緒に暮らしていたのに、本当のあなたを見つけてあげられなかったこと」

彼の黒目がわずかに揺れる。出会ってから初めて見る、とても自然な表情だった。

「謝って済む問題じゃない。母さんも父さんも、葉ちゃんにカンカンに怒ってる。母さんに至っては『信仰心が足りないから、こういう災いが起きる』って言って、毎日のように怪しげな風水師から買った商品を家に送りつけてくるようになって、もうウンザリしてる」

「あはは！」

思わず笑ってしまう。あまりにもお義母さんらしい行動だった。

「……笑うところじゃないんだけど」

「ごめん」

少しの間があった後、彼は真っ直ぐにこちらを見つめて言った。

「僕は君にされた仕打ちを許さないし、忘れないから」

「うん、それで良いよ。英治も私と暮らしていた頃、きっと寂しかったんだよね。私達、本当は自分で埋める必要がある寂しさを、相手に埋めて貰おうとしていたのかもしれないね」

「分かったようなこと言うなよ。僕は寂しさを感じたことなんて、一度もない。ただ毎日、朝起きてから夜寝るまで完璧な時間を過ごしたかっただけだ。それなのに専業主婦の君が一方的にその責任を放棄したんじゃないか。そのことに罪悪感は感じてるの？」

「感じてない。私にも言い分があるから」

そう告げた瞬間、彼は深くため息をついて言った。

「協議離婚しよう。離婚届は郵送する。今まで僕が払った携帯料金も後でＬＩＮＥする。分かってると思うけど、きっちりと耳を揃えて返してね。もう僕らは夫婦じゃなくなるんだし、お互いに甘えはなしでいこう」

淡々と話す姿を見て、もう完全に彼への愛情が残っていないと気づく。ひとしきり離婚の手続きについて話し合った後で、私は言った。

「最後に、絶対、映画に間に合わせるから私の料理を食べて欲しい」


難色を示す彼をどうにか言いくるめて、急いで調理の準備をする。

作る料理は、とっくに決めていた。アクアパッツァである。あの日——隣に住む松田《まつだ》さんに貰った魚を捨てるよう言われた日から、私の中の時計はどこか止まったままだった。

それは単に、食材を無駄にしたということ以上に、心が壊死《えし》するのに充分な行為だった。

Maison de Paradise で働くようになり、数々の魚料理をお客さんに提供してきたが、どこかで「一尾の魚を粗末に扱った自分に作る権利があるのか」と自問自答してきた。だからこそ今夜、あの日のやり直しがしたいと思った。もう葛藤を終えたかった。

朝のうちに魚市場で仕入れておいた真アジを冷蔵庫から取り出し、下処理をしていく。

はじめに腹に切り目を入れ、エラと内臓を取り出して流水で洗う。その後、ゼイゴをそぎ取った。

水気を拭いたあとで魚の両面に斜めに切り目を入れ、外側と内側に丁寧に塩と胡椒で下味をつける。そのままフライパンにオリーブオイルを入れて熱し、アジを並べて焼いた。

こんがりとした焼き色がつき始めた頃、魚の脂をキッチンペーパーで拭き取る。

時折カウンターに座る英治の顔を覗くと、眉間に皺を寄せ時間を気にしている。その様子を見て「なるべく早く作らなくては」と思い焦ったが、ここまで来ればあと少しだった。

フライパンに砂抜きしたアサリとミニトマトを加え、水を入れて強火にする。

時折煮立った湯を魚に回しかけて旨味を染み込ませ、煮汁が半分量になったら、イタリアンパセリとオリーブオイルをかけて完成だ。

料理を皿に移して英治に出すと、彼は不機嫌そうに「うわぁ」と呟く。想定内のリアクションで、動揺はしなかった。もとより鶏のササミだけ食べて暮らす人である。人前では食事を嗜《たしな》むふりをして、本当は食に一切興味がない人間が今さら変わるわけでもない。しかし、一口で良い。私の料理を口に運び何か感じ取ってくれたなら、それで充分だった。

「熱いうちに食べてよ。嫌なら残しても良いから」

彼はむすっとした表情でフォークを手にして、魚の身をほじくる。すぐには口に運ばず「コイツ、顔が怖い」と言い、ご丁寧に魚の頭部を左手で隠していた。あの日も彼は、全く同じ言葉を吐き捨て、魚を廃棄するよう私に命じてきたっけ。

その時、私はこれまで押し殺してきた感情に明確に気づいた。

私は、英治に愛されたかったのだ。

ただ美味しいものを「美味しいね」と言ってシェアし合ったり、感想を言い合ったりして、もっと絆を深めたかった。料理はそのための手段に過ぎず、それが出来ると信じて結婚した。

しかし、一縷の望みが完全に絶たれたことで心の中にぽっかりと空洞が出来て、無自覚のまま心が傷ついたのだ。彼は、黙々と食べ続けている。

「……美味しい？」

理想の夫婦関係を築けなかった無力感からか、私は泣いていた。タイヤのゴムでも嚙むような顔で食べる彼の姿を見て、拷問をしているかのような気分になる。

「そんなに嫌なら、もう食べなくて良い」

「……違う。不味いわけじゃなくて。なんて言うか、正直に言うね」

「うん。正直に言って」

「僕さ、味とか分かんないんだよ。そういう感情を教えてくれる家庭で育ってないから。でも、多分、美味しいんだと思う」

彼の家族の顔が浮かんだ。風水にハマりすぎている母親と、正月に挨拶に行くたび酔ったふりをして必ず私のお尻を触ってくる父親。その二人の間に生まれ、英治という人間の歪んだ部分が生まれたのかもしれない。そう考えれば、彼にも被害者という側面があるのだろう。しかし、だからと言って、私にしてきた数々の悪行が許されるわけではない。

壁掛け時計の秒針がカチカチ鳴り響き、時間を見ると十九時を回っている。

「英治、そろそろ時間……」

帰るよう促そうとした瞬間、彼は言った。

「最後に変なこと聞くけど、僕ら、もう本気で戻れないんだよね？」

「……え？」

「絶対に無理？　今なら君を許してあげるって言っても？」

何を言っているのか、すぐには理解が出来なかった。しかし、目の前の男は縋るような眼差しでこちらを見つめ、「なぁ、頼む」と懇願してくる。不思議と、怒りも哀しみも湧かない。

ひとつ深呼吸をして告げる。

「このアクアパッツァさ、難しそうに見えて、魚を焼いて煮るだけなの。簡単でしょう。これからは自分の食事くらい、自分で作れるようになりなよ」

英治は苛立った態度を隠さず席から立つ。そのまま入り口に向かうと、何も言わずに店から去ってしまった。それで良い、と私は思った。

おそるおそる残されたアクアパッツァの皿を覗くと、意外にも半分以上、食べられている。これで、あの日棄てたカンパチの亡霊も成仏《じょうぶつ》するだろう。なんだか清々しい気持ちになる。

ホッとするのも束の間、後片付けに入る。彼の使っていた食器を流しに運ぶ矢先、盛大な拍手の音がする。音は、二階から聞こえた。

「よっ！　いい女！」

「見事に難関ミッションを乗り越えたね」

那津さんと天堂さんが各々、手を叩き叫ぶ声がする。

「もしかして、私達のやり取りを見てたんですか？」

私は階段を下りてくる二人には見向きもせず、食器を洗い始める。話し合いが終わった安堵感と拍手をされた恥ずかしさが入り混じり、彼らを直視することが出来なかったのだ。

那津さんが入り口付近のテーブル席に座り、「最初から全部見てた」と打ち明ける。

「……え？　全部ですか？」

「うん。だって、おっさんが『どうしても心配だ』って言うんだもん」

続けて天堂さんが、カウンターの後ろの壁にもたれ掛かりながら言った。

「防犯カメラを作動させて、君の身に危険が迫ったらすぐ助けられるようにリアルタイムで見させてもらいました。盗み見をして申し訳ないけれど、これは従業員の安全確保のためです。オーナーとしての職権行使ってところかな」

「……はぁ。それにしても、この店、防犯カメラなんてあったんですか？」

私が驚くと、彼は店の中央に吊るされたクリスタルガラス製のシャンデリアを指差す。よく見ると、そこには小型の黒いカメラが設置されていた。

「ここのお客さんは品行方正な方ばかりだから、このカメラは今まで出番がなかったんだけどね。一応、何かあった時のためにこうして付けています。今回、白石さんの旦那さんが来ると分かった時から改めて僕のスマホと連動させて、映像をしっかり確認出来るようにしておいたってわけ。安心して。音声はオフにしていたから、ご夫婦のプライベートな会話は一切聞いておりません」

そう言って、無邪気にウインクをする。

「……はぁ」

この人はどこまでも切れ者だと妙に感心してしまう。その後、すかさず那津さんが言った。

「おっさん、めちゃくちゃ心配してさ。アンタら夫婦が話し合ってる途中、葉の旦那さんが拳を上げたら、動揺して手に持ってたスマホを落としそうになっちゃって。そこからは俺ら『もう助けに行く?』、『いや、まだ早いかな?』って悩みまくりよ。結局その少し後に、おっさんがスマホを床に落として、画面にヒビが入ってたわ。ホントに阿呆だよな」

その言葉で、あの時、物音を出した犯人が分かった。すかさず天堂さんが言葉を続ける。

「僕ばかり過保護キャラに仕立てられてるけど、那津だって随分と心配していたじゃない。僕が二十年前の社会人野球で使っていたバットをクローゼットから引っ張り出してきて、ずっとそのバットを持って二階で待機していたくせに。信じられない愚策だよ」

そう言って、肩を震わせて笑っている。

那津さんは顔を赤くして立ち上がると、すかさず天堂さんのほうに向かい「それは言うな!」と言って飛びつこうとする。攻撃は、軽やかにかわされていた。

「もし白石さんの旦那さんをバットで襲ったら、僕らは間違いなく傷害の罪で刑務所行き決定だっていうのに馬鹿だよねぇ！　でも、そんな子供っぽいところも含めて大好きだよ」

その瞬間、かつて私は二人の関係性に嫉妬していたことを思い出した。自分が英治と築けなかったパートナーシップを易々と築く彼らのことが、羨ましくて仕方なかったのだ。

しかし、今は分かる。それは二人の弛《たゆ》まない努力により積み上げられてきたものなのだ、と。

天堂さんは言う。

「今日は白石さんの『ほぼバツイチ記念』ということで。第二の誕生日と言っても過言ではないんじゃないかな？　というわけで、今から良いお酒を開けます」

彼は那津さんから離れて、ワインセラーから一本のボトルを取り出す。

「マリー・アントワネットにも献上されたというシャンパンメーカー『レア・シャンパーニュ』が出す、ロゼシャンパーニュです」

「それ出すの？　めちゃくちゃ良いやつじゃん」

思わず那津さんが止めに入るが、天堂さんはキッパリと言った。

「今日の白石さんは王妃のように誇り高く、毅然としていたじゃない。このシャンパンがこれほどまでに相応《ふさわ》しい女性と、相応しい開封のタイミングは、中々ないと僕は思うよ」

そう言って、ニッコリ微笑む。

「まぁ、そうだな。ちなみにこのボトル、うちの店で十万で出してるから。本来は麻子《あさこ》さんみたいなセレブじゃないと絶対飲めないやつだから。葉、心して飲めよ」

「……は、はい」

那津さんが「贅沢な奴」と笑って言いながら、棚からシャンパングラスを三つ取り出してカウンターに並べる。彼の大きな手によってグラスに注がれる薔薇色の液体を眺めながら、くらりと目眩がした。それは夫と住む家を飛び出してから今日に至るまでの不思議な巡り合いについて、思いを馳せずにはいられない目眩だった。

「乾杯！」

三人揃って、グラスに口をつける。とろりと甘い炭酸が口内で弾け、豊かな酸味が広がる。飲み干した後、やや渋みが残った。甘み、酸味、最後にほろ苦さ。まるで人生の流れみたいだな、と思う。

繊細な余韻を楽しみながら、この店に来た当初を思い出した。

あの頃は自分が何をやりたいのか、何をすべきなのか分からなかった。しかし、天堂さんと那津さんに寄り添ってもらいながら羽を休ませ、様々な人と出会ううちに、私は少しずつ心を取り戻した。心は私に、「本当の自分と向き合うように」と常に訴えかけてきた。

料理人として厨房に立つようになってからも、依然として自分のダメな部分は変わらずそこにあり、そのたび激しい自己嫌悪に陥った。成長とは程遠く、彼らが支えてくれているのに、なぜ自分は出来ないことばかりなのだろうと深く落ち込んだ。一方で、「本当の私」は意外としぶとくて、強いことも知った。ただそれだけで、これから先もどうにか生きていける気がした。

一人暮らしをしなければ。その時、そう思った。

先々を考えると、不安もよぎる。しかし、英治と住んでいた頃の弱い自分は、もうどこにもいない。だから、大丈夫だ。独身時代と同じように、一人でアパートを借りてみよう。

勿論、夫婦で住んでいた頃の家や、この家とは比べものにならないほど手狭《てぜま》になるだろう。

しかし、それが今の私のスタート地点なのだ。

那津さんがグラスを燻らせて「なんか幸せだな。好きな人達と美味い酒を飲んでいる瞬間だけは、この世の全てのことに対して文句が消えるわ」と呟いたので、笑って頷く。

いつか、こうして彼らと過ごす日々も遠い記憶の彼方に過ぎ去っていくのだろう。その時、私はどこで何をしているのだろう。再び誰かと一緒に暮らすこともあるのだろうか。何も分からない。何も。

それでも今夜、この心地よい酔いに身を任せ、かけがえのない瞬間を胸に刻みたいと思った。

大木亜希子（おおき・あきこ）
作家。二〇一九年、私小説『人生に詰んだ元アイドルは、赤の他人のおっさんと住む選択をした』が話題となり、二一年に漫画化、二三年に映画化。二二年、短篇集『シナプス』を刊行。ほかの著書に『アイドル、やめました。AKB48のセカンドキャリア』がある。

料理監修
今井真実（いまい・まみ）
料理家。神戸市生まれ。「作った人が嬉しくなる料理を」という考えのもと、雑誌、Web媒体、企業広告などでレシピ製作を行う。著書に『いい日だった、と眠れるように　私のための私のごはん』『今井真実のときめく梅しごと』『低温オーブンの肉料理』など。

初出
「別冊文藝春秋」二〇二三年一月号・三月号・十一月号
二〇二四年三月号・五月号・九月号

マイ・ディア・キッチン

二〇二五年二月一〇日　第一刷発行

著者　大木亜希子《おおきあきこ》　料理監修　今井真実《いまいまみ》
発行者　花田朋子
発行所　株式会社　文藝春秋
〒一〇二-八〇〇八
東京都千代田区紀尾井町三番二三号
電話　〇三-三二六五-一二一一
印刷所　萩原印刷
製本所　萩原印刷
DTP　言語社

ISBN978-4-16-391941-6
Printed in Japan